長編新伝奇小説
書下ろし
ソウルドロップ幻戯録

上遠野《かどの》浩平《こうへい》

アウトギャップの無限《むげん》試算《しさん》

NON NOVEL

祥伝社

CONTENTS

Illustration／斎藤岬　Cover Design／かとうみつひこ

『子供たちは無邪気に驚いて、それを魔法だと信じていた。自分たちの悪戯《いたずら》をそんな名前で呼んだのは、魔法《マジック》というものは自分の欲しいものを不思議に手に入れさせてくれ、無限の力を与えてくれる……と読むか聞くかしていたからである。彼らは現実の空虚を空想の実在によって慰める秘密を発見したと本気で信じていた――』

――アンドレ・ジッド〈贋金《にせがね》つくり〉

「マジシャンというのは、つまるところどういう人種だと思いますか、お嬢様？」

小太りの男は笑うような口調で奈緒瀬《なおせ》に質問した。

「そうね――いたずら好き、とか？　なにしろトリックってそもそも悪戯って意味でしょう？」

「まあそうですね。他人がびっくりする顔を見るのが好き、ということは言えると思いますがね――しかしただ驚かせれば良いというわけでもないんです。大声を出してびっくりさせる、なんてのは駄目です。そんな粗雑《そざつ》なことではいけない」

「消したり出したりして驚かせる、ってこと？」

「それも二の次です。本質的なことではありません。マジックというのはどのくらいの種類があると思いますか」

「いや、見当も付かないわね。だって凄く大勢のマジシャンが一生懸命自分だけの仕掛けを探しているんでしょう？　今も増え続けているんじゃないの」

「いや、そういう技巧についても、せいぜい十種類くらいしかないと言われています。人によっては十七種類ともいいますが、まあ大して変わりはない。基本的にはどんなトリックも輪ゴムと長い糸と鏡と、高校までで習う物理法則の応用、そんなものなんです」

「要は使い方次第、ってわけ？」

「マジシャンから見て、マジックには本質的に二つの種類しかないんです。それは〝簡単にできるもの〟と〝修練が必要なもの〟です。お嬢様はどちらが大事だと思います？」

「その、お嬢様って呼ばれ方、正直あまり好きじゃないんだけど――」

「ああ、これは申し訳ありません。しかし私、巻乃《まきの》手幸司《てこうじ》はあなたのお父上にひとかたならぬお世話になりましたから、どうしてもそうお呼びしてしまうんですよ」

「まあ、いいけどね――で？　マジシャンは自分の修練を大事にするって話だったわね」

「いや、違います」

巻乃手という男は、その名に似合わぬ丸っこい顔をゆっくりと左右に振った。

「え？」

「優れたマジシャンは自分の修練などを大層なものとは思いません。技のために必要ならば、何万回でも単調な練習を繰り返しますし、指先だけを鍛《きた》えるような無茶なトレーニングを積んでもなんとも思いません」

そう言いながら、巻乃手はトランプのカードデッキを一組取り出して、慣れた手つきでちゃっちゃっと切り始めた。

とん、と奈緒瀬の前に置く。それからもう一度持ち上げて、くるくると回して、

「ふつうのカードですね？」

と念を押した。奈緒瀬が、まあね、とうなずくと、巻乃手は、

「どうぞ、どこからでも良いからお好きなカードを取ってください」

奈緒瀬は気のない調子で、さっさと一番上のカードを取る。ハートの七だった。

「ご自分だけで確認して、テーブルの上に置いてください」

言われた通りにすると、巻乃手はその上にデッキを載《の》せて、さらにそれを何度かカットした。

表に返して、ぱららら、と数字が見えるように広げる。そして、

「お嬢様がお取りになったのは、ハートの七ですね」

とズバリ言い当てた。奈緒瀬はうなずいて、

「一番上を取るってわかっていたの？」

と訊《き》くと、巻乃手は首を横に振った。

「いいえ。この場合、大抵《たいてい》の人間は真ん中の辺《あた》りから抜くことが多いです」

「どこから取ってもわかったの？」

「はい」

「どうやって——とか、訊いてもいいのかしら」

「私が注目していたのは、一番最初だけですよ。それがヒントです」

「最初？　なんの？」

「………………」

巻乃手はにこにこするだけで、それ以上は何も言わない。奈緒瀬はため息をついて、

「まあいいわ、別に。手品のタネが知りたい訳じゃないし」

と言うと、巻乃手はカードを戻しながら、

「今のは、修練の一切いらないマジックです。初歩も初歩ですから、どんなマジック初心者にも簡単に見破られるでしょう」

「でも知らないから、割と驚いたけど」

「そこがポイントです」

「わたくしが知らないことが？」

「あらゆるマジックの根幹にあるものです」

「そっちは知っていて、こっちは知らない」

「それをコントロールすること、マジシャンの喜びはそこに集中しているのです」

「一種の支配欲なのかしらね」

「どうでしょう、自分の精神分析などには興味がありませんからなんとも言えませんね。しかしたとえ客のウケがイマイチだったとしても、思った通りにできたときは嬉しいですね。プロとしてはあまりよくない考え方ですが」

「コントロールできるかどうかが肝心《かんじん》なのね。アクシデントで驚かせても意味はない、と」

「客がタネを知っていたとしても、その知られていることをこちらが知っていればいいのです。その場合は別のトリックに切り替えますから。それくらいの修練は積んでいるのです。ですが——」

「なるほどね。シンプルなものだと、そういう誤魔《ごま》化《か》しが効かなくなるのね。だから重要なのは簡単な方、か」

「ごくごく簡単なタネほど、バレるとまずいんです。だからマジシャンはそういうものほど隠します。助手にも教えません」

「でも、サクラとか使うんでしょ？」

「サクラにも全部は教えません」

「最終的なコントロール権は誰にも渡さないってことね」

奈緒瀬はそこで、後ろに立っていた部下に指示を出した。部下はうなずいて、巻乃手の前に携帯モニターを置いた。そこに一人のマジシャンが映《うつ》し出される。背の高い男だった。見るからにマジシャン、という風な口髭《くちひげ》を生やしている。

彼はカードを巧《たく》みに操《あやつ》って、様々なマジックを見せていく。主にカードがトランプになったり、全部赤になったり青になったり黄になったりするものだった。ところがその中で、ぜんぶ真っ白になったところで、一枚だけ変な文章が書かれているものが混じっていた。客が、あれ、という感じでざわつく中、マジシャンはまたカードをまとめて、すぐにぽん、と花束に変えてしまった。

その後もマジックは続いていったが、二度とそのカードに奇妙な文字は現れなかった。

一通り終わった後で、奈緒瀬は、

「どう思う？」

と巻乃手に訊《たず》ねた。

「どう、と言われますと——」

「今のは失敗なの、それともわざとなの？」

「え、ええと——」

「さっきの、あなたの見解に則《のっと》ると、予想外のことが起きたので、カードマジックを切り上げて花束に変えた、という風にも取れるわね。でも素人《しろうと》から見ると動きが自然すぎて、区別はできないわ」

「……どういうトリックかと言われると、おそらくスライハンド技術に依《よ》るところの多い技で、複数隠し持っているカードデッキを丸ごと入れ換え続けるというものだと思いますが——」

「そういう話はいいわ。どうせわからないだろうから。わたくしが訊きたいことはただひとつ——このマジシャンは自分のカードに変な文章が紛《まぎ》れ込んでいたのを事前に知っていたのかどうか、ということよ」

「…………」

巻乃手は黙り込んでしまった。しばらく経ってから、おずおずと、

「あの、お嬢様——あそこに書かれている文章がなんなのか、ご存じなんですか」

と質問すると、奈緒瀬は素っ気なく、

「それについては、あなたは知る必要がないわ。あなたに訊いているのはマジックのことだけよ」

と言った。

もちろん知っている。映像を詳しく分析するまでもなかった。そこにはこう書かれていたのである。

〝これを見た者の、生命と同じだけの価値あるものを盗む〟

——と。それはもう、奈緒瀬にとってはさんざん付き合わされた文面である。

謎の怪盗、いや殺し屋か——正体不明のペイパーカットの予告状だった。

それを受け取った者は、たとえばオレンジ味のキャンディードロップひとつ、といったようなどうでもいいとしか思えないものを盗まれて、その直後に生命を落としてしまうという。盗難と死亡——その因果関係は不明だ。

ただ存在している、徘徊《はいかい》している——それだけが現在わかっている事実だった。

「誰かが事前に、仕掛けの中にあの紙切れを混ぜておくことはできるのかしら？　そういうことは可能

なの？」

「……おそらく不可能です。これは一人でできるタイプのマジックです。つまり仕込みに助手を使いません。本人以外は絶対に触らせないはず――しかも本人の身体《からだ》に直《じか》に仕込んでいるのだから、こっそりすり替えるなどもあり得ません。ですが、わざと入れていたというのも不自然すぎます。この文章はこの後出てきません。次への伏線ではない。しかも――」

巻乃手は映像を操作して、途中で一時停止させる。

そこでは、現れた文面に視線を一瞬だけ向けているマジシャンの眼差《まなざ》しがはっきり確認できる。

「もしも故意であるならば、自分で見たりはしません。プロが見るときは、客の視線をそこに誘導したいときだけです。手元を見ないでもできるようになるまで練習してからでないと、プロは客に見せません――」

「つまり？」

「……出てきた文章に驚いているようにも見えます。しかしその動揺を隠してもいる。これが何を意味するのか、残念ながら私には判断しかねます」

「ふうむ――」

奈緒瀬は腕を組んで、考え込む。

「やはり本人に訊くしかないのか。しかし今、このマジシャンは行方不明だしな――」

そう呟くと、巻乃手が「あのう」と話しかけてきた。

「もしもトリックだけの問題であるならば、必ずしも本人にあたる必要はないかも知れません」

「え？」

「この男はインフィニティ柿生《かきお》でしょう。この男はパフォーマーとしては一流なのですが、アイディアという面ではそれほどでもないので……」

「だから？」

「ですから、彼は主にトリックを他人から買っているんですよ。それも金に糸目を付けないので、一流の方から購入しているはずです」

「なんですって？　こいつ、自分で考えている訳じゃないの？」

「はい。よくあることなんですよ。シナリオによっては自前のトリックでは足りないことも多いですし——それで」

「その売っている奴に心当たりがあるのね？」

「はい。この業界では知らない者はいません。多かれ少なかれ、先生には皆がお世話になっていますから」

その口調には尊敬がこもっていた。どうやら彼自身もその先生とやらに面倒を見てもらったことがあるらしい。

「そいつは何者？」

「皆はトリート先生と呼んでいます」

そう言いながら、彼は手元の書類をぱらぱらとめくって、そこに挟まれていた一枚の記念写真を取りだした。

「これが先生です」

なにかの公演終了時に撮影されたのであろう。巻乃手を中心に大勢のスタッフが並んでいる。その端っこにその人物はにこにこ笑って立っている。

「——何言ってんの、あなた？」

奈緒瀬は思わずそう言ってしまった。

彼が指差しているのは、どう見ても中学生か童顔の高校生か、とにかく幼い印象の学生服姿の少年だったからだ。

「いえ、ほんとうなのです。彼こそが種木《たねき》悠兎《ゆうと》さん——通称、トリート先生です」

真顔《まがお》でそう言われた。

Infinity Inference of Out-Gap

アウトギャップの無限試算

CUT 1.
Infinity Kakio

あなたの言葉は嘘ばかりだけど
それ以外を私は聞く気になれず
——みなもと雫〈イカロスの空の下で〉

1

スイヒン素子《もとこ》というのはもちろん、芸名である。本名は村田《むらた》素子。彼女はマジシャンをやっている。主な演目は自分自身を浮かべる空中浮遊である。空飛ぶ妖精、というキャッチコピーで公演している。芸能事務所などに所属しているわけではないので、公演するたびに自前でスタッフを集めなければならない。空飛ぶ仕掛けは一人ではとても操作できないものであるから、信頼できるアシスタントが不可欠なのだが、これが慢性的な人手不足である。だからほとんどの場合、彼女は他のマジシャンやパフォーマーとの合同公演に混ぜてもらう。もちろん前座だ。見た目が派手な割に間が保《も》たないので、演技はせいぜい十数分くらいだから、ある意味ちょうどいい。

（あーあ……私も自分の名前だけで公演を打てるくらいにメジャーになりたいなあ）

スイヒン素子は心の中でぼやきながら、顔に派手なメイクを塗りたくっていく。

彼女の演目の目玉としては、ワイヤーなどは巻いていませんよというアピールのために、ほとんど下着姿のような格好で宙に浮くというものなので、格好は大変にセクシーなものだが、メイク中は色気もへったくれもない。

「あーん……」

素子はルージュを引くときに声を出してしまう癖がある。このときは大変に無防備である。するとよりによってそのときに、楽屋のドアがノックもなしでいきなり開けられた。

「よお、スイヒン」

馴れ馴れしい声を掛けてきて近づいてきたのは、今日の公演の看板であるマジシャンのインフィニティ柿生だった。

「あ、あー……どうも」

あわてて向き直って、頭を下げる。彼女を前座に呼んでくれたのがこの男なので、無碍《むげ》にはできないのだった。

柿生はマジシャンにしては背の高い男だった。大男といってもいい。マジシャンにとって高身長というのはあまりメリットにならない。脱出技などのときに隠れ場所に困るし、手足が長すぎると背中に糸を通して反対側の手の仕掛けを動かそうとする際に必要以上に長くなって外れやすくなるなどのデメリットの方が多い。優雅さや華麗さよりも逞《たくま》しさという印象を与えるのもマイナスだ。それでも舞台上で見栄《みば》えが良くて迫力があることだけは確かであるが。

口元に生やした髭はとても大時代的なものだったが、そういうクラシックな格好が似合っている男だった。

「あー、あー、いいよそういうのは。俺たちはほとんどデビューが同じの、同期みたいなもんじゃないか。なあ?」

と言いながら、柿生は素子の腰に手を伸ばしてきて、その脇腹を指先でさすった。

セクハラ——ではない。素子には皮膚感覚がない。その箇所には肌色に塗った金属製の板が貼りつけてあるからだ。宙吊りになるときの支えになるのがその箇所なのだった。

「————」

素子の額《ひたい》に怒りの青筋が浮かび上がる。胸を揉《も》まれる方がまだマシである。トリックに関わる部分を弄《いじ》られるのは、マジシャンにとって何よりの侮辱なのだから。

しかし——彼女に公演の機会をくれた相手を怒鳴る訳にもいかない。なんとか彼女は奥歯を噛み締めて我慢した。すると柿生はそんな彼女の表情をしっかり観察した上で、

「あんまり感じないみたいだな。それはまずいぜ。万が一ワイヤーがずれていても感じられないことに

なるからな。少し痛いぐらいがちょうど良いんだぜ？」

と偉そうな上から口調で説教してきた。

「は、はあ――以後気をつけます」

「でもよかったよな、ちょうど俺の演目である〝空飛ぶ生首〟の仕掛けやスタッフをお前にも貸せて。まあおまえの技の方が単純だからな」

そう言いながらけらけら笑う。

（……それはあんたが私からトリックを盗んだからじゃねーか――知ってんのよこっちは。当時の私のアシスタントを金で引き抜きやがって――）

そう思うのだが、残念ながら確証もないし、裁判を起こそうにも彼女には金がない。親が金持ちらしい柿生にはとても勝てないだろう。

ここは割り切って、利用できるところだけを利用するしかない。彼女には金が要《い》るのだから。

「はあ……」

生返事でなんとか怒声を嚙み殺した。そこで柿生は急に、また彼女の脇腹を強く押した。

ぺろり、と貼りつけていた金属板が取れてしまう。

「あっ……！」

「だから言ったろ？　このままだったらおまえ、客席に墜落してたぞ」

そう言いながら彼はチューブに入った接着剤を投げてきた。

「こいつを使えよ。溶剤が要らないヤツだから、剝《は》がすときは氷水で冷やせ。多少痛いがな。毛抜きだと思って我慢しろ」

「は、はあ……どうも」

素子の礼をまともに聞く様子もなく、彼は用は済んだとばかりに「じゃあな」と楽屋から出ていってしまった。ドアも開けっ放しだ。

「…………」

チューブを睨《にら》みながら、素子はつい舌打ちしてしまった。

「ちくしょ……！」

呻《うめ》いて、廊下に向かって思わずチューブを投げつけてしまった。

するとそこに、ちょうど誰かが通りかかった。

その人物は、ぱしっ、と何事もなかったかのように、冷静に飛来物を顔の前で受けとめた。

「あ、ああ——ごめんなさい！」

素子は焦《あせ》ってあやまった。しかしその人物は、なんでもない、という顔をしながら、

「今のが、インフィニティ柿生という人ですか——」

と言った。その姿を見て素子は、

（——こんな出演者、いたっけ？）

と思った。一般人には見えなかった。その男はあからさまに人工的な、鏡のように輝く銀髪をしていたからだ。

「そしてあなたが、スイヒン素子さんですね」

銀色の男は彼女の方を見て、微笑《ほほえ》みながらうなずいた。

2

「どうぞ」

接着剤のチューブを差し出されたので、素子はつい、

「あ、どうも——」

と受け取ってしまった。しかしこれを本当に使っていいものなのかはわからない。何よりもムカつくし。すると銀色の男が、

「彼のことはよく知りませんが——おそらく自分の舞台の引き立て役のあなたには失敗して欲しくない、というのは確かだと思いますよ」

と穏《おだ》やかな口調で言った。不思議な声だった。優しい響きで、どこかで聞いたことがあるような、そのくせ他にはまったく似ていないような、超然としている気もするし、耳にすごく馴染《なじ》む気もする

──。

「は、はあ──まあ、そりゃそうなんでしょうけどぉ──」

素子は唇を尖《とが》らせる。

「ていうか、あんた誰です？」

「そうですね──」

銀色の男はちら、と素子のいる楽屋の中を見回した。そして床の上に散らばっている一口チョコの包みに目を留めつつ、

「──飴屋《あめや》、とでも呼んでください」

と言った。

「アメヤさん？　それってローマ字でＡＭＥＹＡ、とか？　もしかしてアメージングなんたらかんたら、っていう頭文字をつなげているのかしら？」

マジシャンの芸名というのは、かなりの率で『どう読むんだよこれ』というものが多い。

「まあ、お好きなように解釈してください」

「それもよく聞く科白《せりふ》よねえ。名刺とかないの？」

「いや、私から紙切れを受け取らない方がいいと思いますよ」

「なにそれ？──ああ、胸ポケットに発見！」

男の着ているコートの胸から白い端っこが出ているのをめざとく見つけ、素早い手つきでさっ、と抜き取った。

「えーっと──」

ひっくり返して、そこに書かれている文面を読もうとする……そこをかるく叩かれる。

紙切れはひらひら、と下に落ちた。

だがそこで、なんということか──紙切れが空中に溶け込むようにして、消えてしまった。

「──え？」

素子は、ばっ、と床に貼り付くようにして観察した。しかし、どこにもない。

「ど、どこに行っちゃったの？」

素子が聞いても、飴屋は穏やかに微笑んで、

「さて、どうだろうね」

と言うだけで答えない。素子は思わず彼を睨みつけて、

「な、なんで――だって今、最後に持っていたのは私で、あんたは手の甲《こう》を触っただけで紙自体には接していなかったし、確かに私が摑んだんだから、見えていたのが錯覚というのもありえないし……でも、消えた」

ぐぬぬぬ、と歯軋《はぎし》りした。そしてため息を洩らして、

「……やるわね」

と呻いた。飴屋はそんな彼女に勝ち誇るでもなく、ごく気軽な口調で、

「ところで、君は柿生氏のことは詳しいのかな」

と訊いてきた。

「は？　なんでよ？」

「仲はあまり良くなさそうだが、知り合ってからは長そうだったからさ」

「……残念ながらね。でも、なんでそんなことを気にするのよ」

「私は、どうやらこれから彼と関わることになりそうなんだが、その前に色々と知っておきたくてね」

「アメヤ、あんたも前座に誘われてんの？」

「そのへんがどうにも曖昧《あいまい》でね」

「ああ、契約するかどうか焦《じ》らされてんのね……いや、きっとあんたのトリックの秘密を手に入れたいのよ、あいつ」

「それは具体的に、どうやってかな」

「金で売る気はあるの、あんたには」

「どうやったら売買などできるのか、私にもわからないよ」

「――そう。ちょっと残念。できたら私も買いたかったぐらいだから。でもそういう姿勢、嫌いじゃないわよ」

「それはどうもありがとう」

飴屋は微笑んで、

「しかし君にも余裕はなさそうだ。出番が近いんだ

ろ」

と言ったので素子は、はっと我に返る。

「あ！　あー——やばいやばい！」

あわてて楽屋の中にとって返して、もらったチューブから接着剤を少し出して確認したりしながら、

「ところでアメヤ、あんたは——」

と訊いてみたが、返事はなかった。顔を上げると、もうそこには飴屋の姿はどこにもなかった。

去っていく足音も聞こえなかった——素子はまた驚きそうになっている自分に、ちょっと苛《いら》つきながら、

（——でも、あの紙切れってなんだったのかな——）

と考えずにはいられなかった。

——そして三十分後、素子は薄暗いステージから客席の前方部分にかけて、ふわふわと宙を舞っていた。


客席からは感嘆の拍手が上がっている。正直、なんで飛んでいるんだ、という驚きよりも、わあ綺《き》麗《れい》、みたいなウケ方であるが、

（でも——ああ、やっぱりゾクゾクくるわあ……！）

仕掛けの裏側の背筋に震えが走る。観客がほぼ自分の思っている通りの反応をしている、その実感が何よりの快感だった。

その客席の向こうに、インフィニティ柿生がいるのが目に入る。親指を立てて、グーだよグー、みたいなジェスチャーをしている。

（……オメーのためにやってんじゃねーっつーの！気が散るから視界から消えろ、このタコが……！）

心の中で怒鳴るが、しかし彼女は当然自力で飛んでいるわけではないから、嫌だからといって向きを変えるわけにはいかない。視線も演技のひとつなので目だけ逸《そ》らすこともできないし——と思っていると、柿生のすぐ近くにもうひとりの人影があること

に気づいた。

銀色の髪が、闇の中でぼうっと光っているようにも見えた。

（あ、アメヤもいる――でも）

結構近い位置なのに、柿生の方は飴屋のことに気づいていないようだった。飴屋だけが、柿生のことを見ている。

彼女の演技などまったく無視して、彼のことだけを静かに見つめている。

それなのに、柿生はその視線をまるで感じていないように見える。無視しているのではなく、存在を察知していないというような――しかし神経質で注意深いマジシャンが、あんなに近い人間の気配に気づかないなどということがあるのだろうか？

（なんか、変――）

ちょっと気になるが、しかし彼女は演技中であり、余計なことに気を取られている余裕はない。空中浮遊を終えて、舞台の方に戻ると同時に客席から見えない死角に入って、一瞬で接続されていた機材を身体から取り外し、そのまま飛び出す。客には機材を外したことを悟らせないうちにジャンプして、鉄棒に摑まってくるくる廻って、そのまますするすると降りてみせる。片手で軽々とやっていて、そこに体重が掛かっているように見せない方法は、ひたすらに彼女の筋力だけである。

すとん、と舞台に降りて、さっと手を振ると、舞台中央に置かれていた樹のつぼみがいっせいに、ぽぽぽん、と花開いた。

また拍手――素子はお辞儀をする。

舞台の筋書きとしては、いちおう枯れてしまった樹を空飛ぶ妖精が祈りの舞いをして再生させた、というようなものだが、まあその辺は大雑把《おおざっぱ》になんとなくである。

柿生が奥に引っ込んでいくのが見えた。彼の出番はもう二人出てきてからだが、そろそろ仕込みに入るのだろう。

そして飴屋は——いつのまにか消えている。どこにもいなくなっている。

（——なんか変よね、やっぱり……）

なんとなくすっきりしないものがある。そんな風に思っている彼女の視界に、またしても奇妙なものが入ってくる。

今頃になって新しい客が入ってきた。二人組の男だ。

（……はあ？）

思わず注視してしまいそうになった。びしっ、とスーツで固めたその二人組は、どこぞの要人のSPか、はたまた宇宙人を捜しているMIBか、という風だったからだ。コスプレイメージを強調したいのかご丁寧《ていねい》にも、一人は暗い屋内だというのにサングラスを掛けたままである。

二人の名前が伊佐俊一《いさしゅんいち》と千条雅人《せんじょうまさと》というのだと彼女が知るのは、かなり後になってからのことになる。

3

「……いないじゃないか」

伊佐は忌々《いまいま》しげに眉をひそめながら舌打ちした。

「どうやら残念ながら、もう仕込みとやらの方に行ってしまったらしいね」

千条が無表情で言う。

「ここはこのまま、問題の彼の公演とやらを確認するのが効率的だね。これから裏に回っても、きっと入れてくれないし、押し問答するのも無駄だ。警察を呼ばれたりすると後処理も面倒だし」

「……くそ、しかしな」

「今回の件に緊急性があるかどうかは明確でないし、焦ってもしょうがないと思うけどね。まあ」

千条はうなずきながら言う。

「ぼくには〝焦る〟というのがどういうことなのか、今ひとつわからない訳だけど」

「…………」

「でも君がいつも〝焦るな〟って言うときは主に視線が定まらなくなり、呼吸数が増え、無駄に多くの選択肢を試《し》みようとしてしまう傾向があるから、そういう準パニック状態のことなのだろうと推察して、こういう言い方をしてみたんだけど」

「…………」

「ところで〝しょうがない〟という言い方はこれでいいのかな」

「――だいたい合ってるよ」

伊佐はため息をつきながら言った。この千条雅人はふつうの人間ではない。大脳皮質に損傷があり、それを補《おぎな》うために実験段階だという演算チップを前頭葉に埋め込まれているのだ。知性は常人以上なのだが、感情面に関しては欠落してしまっている。だから彼のことを人は〈ロボット探偵〉と呼ぶ。

「それにおまえの言うことも正しい。今回の件がどういうものなのか、まだ明確にはなっていない――」

伊佐のサングラスの奥の眼が鋭く光る。彼の眼は強い光に耐えられない。だからかなり照明を落としている客席であっても、舞台からの光を遮《さえぎ》るためにサングラスを外せないのだった。

彼ら二人はサーカム財団という組織に属している。正確に言うと財団の中の保険会社の特別専任調査部にいる。部と言ってもメンバーは彼ら二人だけだ。調べることもたったひとつ――ペイパーカットに関することだけである。

肩書きだけならば、彼らはいわゆる『保険の調査員』である。しかし二人が追っている者が非常識なものである以上、彼ら自身もまた一般社会から浮いた存在になってしまっているのは否《いな》めない。

「そもそも今回の件は、あの動画しかまだ手掛かりがないからね。真贋《しんがん》さえ不確定だ」

千条の言葉に、伊佐はまた渋い表情になる。

彼らがこんなマジックショーの公演などに顔を出

した理由は、投稿サイトにアップされた動画に由来している。

それはインフィニティ柿生というマジシャンの演技を映したものだった。タイトルもコメントも特にないその動画には、ペイパーカットの予告状と思われるものが紛《まぎ》れていたのだ。

「——一応、加工されている形跡は見られないということだったが……しかしあんな不自然極まる紛れ方があるか？」

「投稿者はまだ不明だっていうね。しかし投稿されたのがもう一ヶ月以上も前だというから——」

「そうだ。予告状が本物なら、もうとっくにあのマジシャン自身か、観客の誰かか、とにかく犠牲者が出ていたはずだ——しかし、それもない」

「予告状自体は贋物《にせもの》ということでいいのかな？」

「それはなんとも言えない——俺たちがほとんど回収に失敗している、過去の事例の物である可能性もある」

「まあ、それを区別できる手段はぼくらにはないけどね」

実に気楽に聞こえる口調であっさり言われたので、さすがに伊佐は少しめげた。

「……あんまりそういうことを言うなよ。自分の無力さに落ち込みそうになる」

「落ち込むというのはこの場合、失望するという意味でいいのかな」

「よくないな」

「おや、するとどういうことに？」

「疲れを感じるってことだ」

「君は疲れているのかい？　だとしたらいったん帰宅して睡眠をとった方がよくないかな」

二人が小声で会話している間に、舞台にいたマジシャンが交代して、次の演目が始まる。柿生ではない。

「柿生太一《たいち》の出番までは、あとどれくらいなんだ？」

伊佐の問いに、千条は記憶しているデータを参照した。

「——公演目録と、出演者の過去の演技時間等を参照すると、十五分から三十分の間ということになるね。あまり具体的な数字は算出できないよ」

「とにかく出るまで時間があるんだな？」

そう言うと伊佐はきびすを返して、劇場から外に出る。千条も後を追う。

「どうしたんだい？」

「今、出演していた女はもう裏に戻るんだろう？　そっちから話を先に聞こう」

「でも楽屋に入れるかなあ？」

「もう終わったんだから、断る理由もないはずだろう。多少無理矢理にでも押し入ってやる」

「大丈夫かなあ。着替えとかをしている女性のところに侵入すると、それだけで警察に通報されるレベルのことになる可能性もあるんだけどね」

「知るか」

「まあ、彼女が裸だったりしたときには、とりあえず見ないようにしておくべきだね」

千条はそんなことを言いながら、伊佐を止めようとしない。二人はずかずかと遠慮のない足取りで『関係者以外立入禁止』という札が掛かっているドアを開けて中に入る。

「ああ、ちょっとあんたたち、通行証を見せて——」

「そんなものはない」

「ああ、許可なら後から取りますので」

と、制止しようとした警備員を無造作に押しのけて、二人はそのまま進んでいく。

「お、おい——」

「緊急の用件だ」

「なんなら、あなたも来てください」

自分の肩を摑んできた警備員の手を逆にねじ上げて、千条は彼ごと廊下を進んでいく。スマートな外見にまったくそぐわない物凄い力だった。人間というよりも機械に挟まれているような力に警備員はなすすべなく引きずられていく。

「え、ええええ――?」

混乱している警備員をよそに、伊佐が、

「女の名前はなんと言ったっけ」

「スイヒン素子だよ」

「なんだその変な名前は。日本人か?」

「本名は村田素子だから、そうなんじゃないかな」

「話ができればなんでもいい。楽屋には名前が貼ってあるようだから、とにかくそこに行けば――」

と言いながら彼らが廊下の角を曲がったところで、まさしく舞台から降りてきて引き上げてきた素子と出会《でくわ》した。

「――あっ!」

と声を上げたのは素子の方だった。変なヤツがいる、と思っていた相手がいきなり目の前に現れた驚きは彼女の方が上だった。

「ああ、スイヒン素子だな?」

伊佐が、素子のセクシーな衣装にまったく気を取られることなく迫ってきて、ストレートに言う。

「おまえに訊きたいことがある。柿生太一に関することだ」

「――は?」

素子は面食らった。それと同時に怒りも湧いた。

「なんなのよいったい? さっきから柿生のことばっかり――」

彼女が思わずそうぼやくと、伊佐と千条の様子が一変した。

眼の色が変わっていた。遥かに真剣な表情になって、さらに迫って、

「――なんだと? 他に誰かが柿生太一のことを訊きに来たのか? それは誰だ? いや、どんなヤツだった?」

「どんな、って――だから、銀色で」

と、彼女が飴屋のことを説明しようとしたその途中で、伊佐はもう走り出していた。

「——どけ！」

素子を突き飛ばすようにして、さらに廊下の奥へと駆け出していく。

千条も警備員を放り出して、その後を追っていく。

「……な、なんなのよ？」

廊下にへたりこんでしまった素子の問いに答えてくれる者は、もうその場には残っていなかった。

4

ペイパーカットの出現にあたっては、いくつか奇妙な現象が生じることが確認されている。

その中でも特に奇妙なのが、その容疑者の姿を見た者たちの間で、その証言が食い違うということである。

ある者は老人といい、ある者は若い女だといい、子供に見えるという者もいれば車椅子に乗っていたという者もいる。それぞれ違う人物に見えるのだ。あまりに意見が違いすぎるので、変装というレベルではあり得ないことは確実で、なにか超自然的な現象が生じているとしか考えられないのだが——その中で、何度か『なんとも言えない』報告がある。それがなんなのか、まったく把握できなかったのだが——とにかく〝銀色〟だったというのである。

（ヤツが来ている……！）

伊佐はそれを確信して、予想される予告状の受取人のところへと走っていく。

楽屋はもう空っぽだったので、ステージの裏側へと回り込む。千条もその後に続く。

「な、なんですあんたたちは？」

「柿生太一に急用がある。彼の生命に関わることだ。どこにいるんだ？」

制止しに来たアシスタントの男に詰め寄ったところで、急に誰もいないところから、

〝やめたまえ、伊佐俊一くん〟

と、いきなり声がした。ばっ、振り向くとそこにはロッカーのような縦長《たてなが》の箱があった。

「これは――」

と手を伸ばそうとしたところで、箱はひとりでに開いた。

その中に入っていた男の顔は、既に資料で確認しているものだった。

〝君が伊佐で、そっちが千条だろう？　そう、サーカムの調査員だ〟

そう話しかけてきたのは、インフィニティ柿生本人だった。マイクを持っていて、声に変なエコーをかけている。

「か、柿生さん――」

〝ああ、君たちはいいから、ここは俺と彼らだけにしてくれたまえ〟

柿生は箱の中に入ったまま、落ち着き払った調子でアシスタントたちに指示を出した。彼らはあわててその場から去っていく。

「おまえは、俺たちのことを知っているのか？」

伊佐が訊くと、柿生は首を振って、

〝ああ、その質問は違うだろう？　君たちが訊きたいことはそうじゃないはずだ。君たちが知りたいのは俺が『ペイパーカットを知っているかどうか』ということだろう？〟

と芝居がかった調子で言う。マイクを通していても、別に音量自体は大きくなっておらず、むしろひそひそ声である。

「予告状を受け取ったのですか？」

千条の問いを、柿生は無視した。

〝君たちがここに来た理由はおおよそ見当が付いている。だがそいつは余計なお節介《せっかい》というものだ。さっさと帰ってくれ〟

「そうはいかない――おまえがペイパーカットを知っているとなったらなおさらだ。ますます引き下がるわけにはいかなくなった」

伊佐が近づくと、柿生はにやりとして、

〝おっと、箱には触らないでくれ。大切な商売道具で、精密機械でもあるんだ。壊したら損害賠償を請求するぞ〟

「だったら箱から出てこい」

〝別に君たちは、俺を捕らえたい訳ではないだろう？〟

「おまえがペイパーカットに狙われているのだとしたら、保護する必要がある。そのためには多少、手荒な真似《まね》をしてもいいんだぞ」

〝君には強い理由があるようだな？　ペイパーカットを追いかける理由が。それは、その弱った眼と関係しているのかな〟

「まるで、自分にもそういう理由がある、とでも言いたげだな」

伊佐の言葉に、千条が、

「そうなのですか？　柿生さん、あなたは過去にペイパーカットと個人的な因縁《いんねん》があるのですか？　そういうデータは我々のところにはありません。サーカムの上層部が隠蔽《いんぺい》しているということになりますよ」

と詰め寄るように言う。冷静極まる口調なのでそうは聞こえないのだが、テンションが上がっている、という風に取れないこともない。千条がこのような反応をするとき、次はもう強硬手段に移ってしまうことがある。もしそうなっても伊佐は、

（止めないで、やらせておこう――）

と思った。このインフィニティ柿生というマジシャンはなにやら得体の知れないところがあった。まともに対応しない方がいいのかも知れない。

相手にそんな風に思われていることを知っているのかいないのか、柿生はニヤニヤ笑いを浮かべ続けている。

〝おいおい――いくらロボット探偵だからといって単純すぎるぞ。プログラムにない事態が生じたら即、パニックで暴走か？〟

「サーカムのことについては、どうやらおまえの方

が詳しいようだな――しかし俺は、サーカムの内部事情など興味はない。そちらがなにか知っているのなら、何がなんでも聞き出すぞ」

伊佐も一歩も退《ひ》かない。そんな彼に、柿生はやや眼を細めて、

〝なるほど――君が本気なのはわかった〟

と言った。もう笑っていなかった。

〝ならばこちらもより本気にならざるを得ないな。何者も俺の邪魔はさせない〟

「どういうことだ？　おまえは何をしようっていうんだ？」

〝伊佐くん、君の方の理由は知らないが――しかしこの件に関しては俺の方に優先権があると言わせてもらおう。なにしろ私はヤツに――我が半身《はんしん》を殺されたのだからな。ペイパーカットの秘密は私がもらう〟

不敵に宣言した。

「なんだと？　おまえはいったい――」

伊佐が言いかけたところで、もう千条は動いていた。

ためらいのない動作で突撃し、柿生が入っている箱の中に手を突っ込んで、引っぱり出す――つもりだったが、その途中で、ばきっ、という異様な音が響いた。硬質なものが砕ける音。

「お、おい――！」

伊佐は焦った。千条が柿生の骨でも折ったのかと思ったのだ。だが振り向いた千条は、その手は――ズタズタに切れていて、血が流れていた。

そして箱の中には――もう一人の千条がいた。そして空にあいた穴と、その周囲のひび割れ。

「――鏡だよ」

千条が説明するまでもなかった。トリックは一目瞭然だった。その箱の中には鏡が仕込んであって、今まで見えていた柿生は離れたところから映っていた影にすぎなかったのだ。

「なにい――」

伊佐は振り向いた。バックステージの薄暗さの中で、遠ざかっていく後ろ姿がちらりと見えたが、すぐに物陰に隠れて、消える。

その直後に、劇場全体にけたたましいサイレンが鳴り響いた。

火災を知らせる警報だった。続いて、速やかに避難してください、という放送まで始まった。

「——火事だと?」

「嘘だよ。何も燃えていない。それにタイミングもおかしい。サイレンと放送が同時すぎる。仕込みだよ。この混乱に乗じて、その隙に逃げる気だ」

千条が妙に冷静に言った。追おうとしない。

「——おい?」

「無駄だよ。今からぼくらが彼を追うと、その途中で大勢の無関係の人間と遭遇し、逃げようとする彼らと衝突してトラブルになる確率が九十七パーセントもある。それに対して、インフィニティ柿生は鏡を使ったトリックを用いたことで、彼自身にはなんら特殊な能力がないことを実証した」

言いながら、千条は鏡が仕込まれていた箱を漁《あさ》った。中から小型スピーカーを引きずり出して、

「ほら、さっきのマイク使用は演劇調に見せたかったのではなく、箱の中から話しているように見せるための仕掛けだったんだ。すべて辻褄《つじつま》が合う。彼はしょせん、常識の範囲内の存在でしかない。他人を傷つけてまで即座に追うほどの価値は、今はない」

と、さらに冷静に言った。

「…………」

伊佐は、かすかな違和感を感じた。確かに言っていることは一理あるが、それはなにか——誤魔化しているようにも聞こえた。

(柿生がふつうの人間だとわかったことで、それ以上の深追いはサーカムの機密に触れそうだから、避けた——ということなのか?)

そういう風にも考えられる。しかしそれを今、追及することに意味はない。

「――なら戻るぞ！　柿生はさておき〝銀色〟を目撃した女に、詳しい話を聞きそびれている――」

「それはそうだね」

二人はサイレンが鳴り響く中を走り出した。

5

「な、なに？　なんなの？」

突然の警報にスイヒン素子はすっかり仰天《ぎょうてん》してしまった。

「か、火事？　なんで？」

とにかく焦って、まだ舞台衣装のままだったが、手持ちの道具箱を摑んで、楽屋から外に逃げ出そうとした。

他の出演者やスタッフたちが半ばパニックになって廊下を駆け抜けていく。

（でも、そんなに大きな劇場じゃないのに、燃えている気配なんかどこにもないけど――）

と思ったところで、彼女は廊下の先の、上階につながる階段のところに、ひとつの人影がいることに気づいた。それは避難経路の反対方向なので、いるのはそいつだけだ。

銀色の髪をした飴屋である。

彼は穏やかに微笑んでいて、静かに立っている――火災警報が鳴り響いているのに、まったく逃げる気配がない。

「ア――！」

と呼びかけようとしたところで、その廊下に二人の人物が横から飛び出してきた。

伊佐と千条だ。

彼らは素子の姿を見つけるやいなや、彼女のところに迫ってきて、そして言った。

「さっきの話だが、詳しく聞かせてもらおうか。おまえが見たという〝銀色〟についてだ」

そう訊いてくる、その後ろの階段には飴屋が立っている。

無言で微笑んでいる。

「――え、えええ、え――？」

訳がわからない。どう反応していいのかわからない。

するとそこで、飴屋が指先を立てて唇に当てた。悪戯っぽい表情で〝ないしょだよ〟と言っているような顔である。

そしてきびすを返して、階段を昇っていってしまう。足音はまったくなく、すぐに曲がって見えなくなる。

「あ、ああ――」

「この火事なら問題ない。警報はデタラメだ」

「心配なら、いっそ一緒に避難しましょう。そうしましょう」

千条がそう言うのと同時に、素子の身体を抱きかかえて、そして走り出した。

「わ、わわわわっ――！」

あまりの速さに、素子は抵抗できない。その後を伊佐も追いかけてくる。

他のスタッフたちよりもやや遅れて、素子たちは劇場から外に出た。

「な、なな、なんなんですかあ――？」

素子は揺られて、すっかり酔ってしまった。しかし伊佐はおかまいなしで、

「君の出番は終わっているんだ。大丈夫、おそらく今回のギャラは保険から出るよ。なんなら話をつけてやってもいい。だから話を聞かせてもらおう」

と強引に言い、周《まわ》りが騒がしい中、千条に彼女を抱えさせたまま、すたすたと進んでいって、ここまでやって来た車の中に連れ込んだ。

どさ、と後部席に放り出される。

「な、ななな――」

「ああ、拉致《らち》する気はないという意思を示すために、ドアは開けたままにしておいた方がいいね」

「俺たちも乗らないでおこう。これで安心だな」

などと男二人は言ってるが、彼女が逃げる道に立

ちふさがっているようにしか見えない。

「さて、それで質問なんだが」

「あ、あんたたちまさか――戸澤《とざわ》の手先なの？」

素子は思わず声を上げてしまった。しかしこれに男たちは眉をひそめて、

「戸澤というのが何者なのかは知らない。それとは無関係だ」

と即座に否定した。言われて、素子ははっとなる。

「そ、そうか――そりゃそうか。最初に気にしてたのは柿生だったものね。そうか――ごめん、忘れて」

「あなたの個人的事情の方にはとりあえず関心はないので、答えていただきたいことはただ一つです」

千条がずい、と詰め寄ってきた。

「あなたが見たという〝銀色〟ですが、それは柿生太一のことを捜していたのですか？」

「え？　いや――」

「もしかして、あんたも紙切れのようなものを見せられなかったか？　そこに何か書かれていたのを読んだりしたのか？」

伊佐にも迫られる。言われることの意味は嫌と言うほど理解できた。それでも素子はとっさに、

「――何言ってるかわかんないけど」

と嘘をついていた。

どうして反射的にそんな嘘をついたのか、自分でもわからなかった。しかし眉ひとつ変えず、眼を逸らしもせず、はっきりと断定していた。

「じゃああんたの言っていた〝銀色〟というのは具体的にどんなものだったんだ？」

「銀色っていうのは、鏡のことよ。マジックで使う鏡のことを隠語でそういう風にも言うのよ。柿生のヤツが使っている生首トリックっていうのはバリエーションがあって、鏡を使ったり使わなかったりするから、それでスタッフが、私のところにも何度も質問しに来て――ほら、今回は私とアイツで同じ仕

掛けを使い回したりしてたから――こんなこと、よそじゃ言わないでよ？」

びっくりするくらいに、つらつらとデタラメが口から出てきた。何言ってんだろう私、とも思うのだが、しかし嘘が停まらない。

（……なにこれ？　私、どうしちゃったの？）

そんな彼女を、男たちはじっと凝視《ぎょうし》している。やがて伊佐が、

「どう判断する？」

と言い、千条が即座に、

「彼女の瞳孔の動きに不自然さはないね。嘘発見器レベルならば、嘘はついていないと判定できるよ」

と言った。伊佐は、ふうむ、と吐息をついて、

「……まあ、隠す動機もなさそうだから信じてもいいかも知れないが、しかしあんた、気をつけた方がいいぞ。もしも不審な紙切れを見つけたら、それを読まずに我々のところに連絡してくれ」

名刺を差し出してくる。サーカム保険、という会社名に素子は驚く。

「大手じゃないの……！」

「いいか、くれぐれも紙切れを読むなよ。これからあんたに接触してくる者がいるかも知れない。そいつらにも注意しろ。誰に見えるか、ということはちょっとわからないんだが――生命に関わる問題だぞ」

得体の知れない脅《おど》しのようなことを言われる。しかし素子は、

（……なんでだろう？）

と、ひたすらに心の中で不思議がっていた。

（私はもう、こいつらが全然怖くない――立場が上な気がする。こいつらの知らないことを、もうとっくに知っているみたいな、そんな余裕がある――なんでだろ？）

飴屋が彼女に危害など加えるはずがない、そのことをどういう訳か確信してしまっているのだった。

あの銀色の男は、柿生とどう接すべきか迷ってい

る、と言った。

それが真実だと、素子は何故《なぜ》だか実感してしまっているのだった。

「私に話を聞くのもいいけどさ――柿生を捕まえた方が早いんじゃないの？」

そう言うと、伊佐は苦《にが》い顔になり、

「……あいつが隠れそうな場所に心当たりがあるのか」

と訊いてきたので、素子は肩をすくめて、

「マジシャンが消えるとき、その隠れ場所だけは絶対に他人に教えないわよ」

と言った。

CUT 2.

夢みたいなことばかり言い続け
約束は片端から忘れられていき

——みなもと雫〈イカロスの空の下で〉

1

「あー、ピンと来ねーなあ」

というのが口癖の中年男、臼《うす》田淳《だあつし》の肩書きはマルチプロデューサーである。

　いったい何をしているのかよくわからない仕事であるが、要はイベントの管理であるとか、スポンサーの確保であるとか、広告代理店との交渉であるとか、とにかくなんらかの〝派手なこと〟を仕掛けるプロモーターと言えないこともない。しかし失敗したときの責任を取りたくないので、たとえ自分の企画であっても、必ず他の誰かを責任者にする。あるいはスポンサーとなってくれた企業名を前面に出して、自分の存在感を薄める。そもそも彼のような仕事は、大きな企画が動いているときは目立つが、何もないときはほんとうに何もなく、業界関係者に顔をつないでおくために色々なところに顔を出しておくくらいしかやることがない。そのときも、以前に目立ちすぎていてしまうと『ああ、こいつも落ち目かな』とか感じられてしまうので、あえていつも二番手三番手のイメージを演じているのだ。いつでも『今なにやってんの？』と訊かれ続けるような人生、それが彼の生活である。

「あー、最近ピンと来ねーなあ――」

　その日もいつものように、やることもなく喫茶店でぼんやりしていた。夜から何かの記念パーティに出席する予定であるが、それまでは暇なので、ひたすらに携帯端末をいじっていると、電話の着信が来た。

（おや――？）

　眉をひそめたのは、それが結構珍しい相手だったからだ。前に一度だけ一緒に仕事をしたことがある男だった。

「――はいはい。どもども」

　軽い調子で通話に出ると、

〝やあどうも、お久しぶりです臼田さん。インフィニティ柿生です〟

と、よく通る声が響いてきた。この背の高いマジシャンについて知っていることはあまりないが、仕事のやりやすい相手だったという印象がある。

〝ところで、電話をしたのは他でもなく、仕事の話をしたいと思いまして〟

「仕事、ですか？　でも柿生さん、確か昨日、あなたが出るはずだった舞台が火事騒ぎで公演中止になったりしてませんでしたっけ」

〝はは、さすがにお耳が早い。あれは単なる報知器の誤作動だったのですが――実はそのことで、我々の役に立つ話があるのですよ。災《わざわ》い転じて福と成《な》す、とでもいうような〟

「ほほう？」

〝あの騒ぎそのものはもうケリがついていて、なんの問題もないのですが――俺はこのまま一時、姿を消そうと思っています。火に呑まれた、みたいなイメージで盛り上げてもらいたいんですよ〟

「大掛かりなマジックショーを企画しているんですか？　それを私に手伝って欲しい、ということですか」

〝スポンサーや会場を手配していただく必要はありません。その辺はもう手配済みです。臼田さんには、来《きた》るべきイリュージョンイベントを盛り上げる演出をお願いしたいのですよ〟

「なかなか興味深い話のようですが、細《こま》かいことを聞かないと、なんとも返答のしようがありませんね」

〝ああ――それは無論ですよ。しかし詳しい話を聞いたらきっと、あなたの方から是非とも手伝わせて欲しいと言うに違いありませんよ？〟

「自信たっぷりですなあ――」

臼田は半ば呆《あき》れ、半ば感心した。そう、こういう押しの強いところがこの男と仕事がしやすい理由だった。イベントの運営に於《お》いては、中心的な人物は明確な姿勢を見せてくれた方が楽なのだ。『良いようにしてくれ』というのが一番困るので、この柿生にはその心配はない。しかも予算内で収めるという意識もあるので、無駄なトラブルも少ない。

〝手短に言いますと――〟

柿生は説明を始めた。最初は適当に聞いていた臼田だったが、だんだんその表情が高揚《こうよう》していく。

「――ほうほうほう、ほほう。いやいや、なかなか面白そうなお話ですねえ」

〝そうでしょう？　みんなこういう因縁話が好きですからね。煽《あお》りやすいでしょう〟

「いや確かに。その通りですよ。敵討ちのようなものでしょうからね」

〝細かいことはこれから詰めていきますから、まずは臼田さんの方でご検討いただきたい〟

「いや、かなり有望だと思いますよ。とりあえず今の時点では、柿生さんは行方不明ということなのですね？」

〝そのように扱っていただけると助かります。極力、他人との接触を避けたいのでね〟

「それはそうでしょうね。しかし少しぐらいは打ち合わせやプロモ映像のビデオ撮りも必要ですよ？」

〝ははは、それぐらいはもちろんですよ〟

「――では、よろしく」

そう言って柿生は通話を切って、携帯電話をしまうと、通りを歩き出した。

場所は外、繁華街の真ん中である。

群衆でごった返すスクランブル交差点を渡って、向かいにあったコーヒーショップに入って、席に着く。

モカブレンドの香りを味わっているところで、窓の向こうの通りに二人の人間がやって来るのが見えた。

伊佐俊一と千条雅人だ。

二人はさっきまで柿生が立っていたところで、きよろきょろと周囲を見回している。

（携帯電話の通話で、ＧＰＳ機能を逆探知してここまでは来れたが——それだけでは見つからないな？）

柿生は心の中でほくそ笑み、他の者には聞こえないかすかな声で呟く。

「誰だかわからなくなることができるのは……ペイパーカットだけとは限らないのだよ、伊佐俊一くん——」

＊

「——くそ、駄目だ……ヤツはもういない」

伊佐は息を切らせながら呻いた。

「しかも、わざわざぼくらがこの辺に来ている時を見計らって、位置を探知されることを前提に通話しているね」

千条は無表情で、冷静に状況を分析する。

「とりあえずこの辺りの、ぼくの視界に入った人間のすべての顔を分析したけど、明確に柿生太一に該当する人物は発見できないね。間違いなく変装しているよ」

「それを見せつけている——挑発しているのか？だが、どうして？」

伊佐が呻いていると、彼の携帯電話に着信が来た。

その送信元を見て、伊佐の眉がぴくっ、と引きつる。

「なんだ——？」

それはサーカム財団の極東支部特別顧問からだった。

ハロルド・Ｊ・ソーントン。

あの慇懃《いんぎん》無礼《ぶれい》な英国人を、伊佐は正直あまり好きではない。

「どうして、このタイミングで——」

「出ないのかい？」

千条に言われて、伊佐は苦い顔で電話に出る。

「——なんです？」

〝やあ伊佐くん。ソーントンだ〟

電話口から聞こえる声と言葉は相変わらず自然で、イントネーションも完璧だった。

「だからなんですか。今我々は——」

〝それなんだが、今すぐこっちに戻ってきてくれないかな〟

「どうしてですか」

〝君が知らされていないことを、あらためて教える必要があると思ってね〟

意味ありげに言われて、伊佐は丁寧に対応するのが面倒になり、やや乱暴に、

「そいつはペイパーカットのことか、それとも柿生太一のことか？」

〝それらも含めて、色々だよ。電話じゃなんだから、すぐに本社ビルに戻ってきてくれ〟

「わかったよ——」

伊佐と千条は、言われるままにソーントンのオフィスへと直行した。

2

サーカム財団の極東支部というのは、サーカム保険の本社ビルの中にある一室に過ぎない。秘密基地のようなものがあるわけではない。いつも千条の演算チップなどを調整しているのも正式な認可をとった私立病院である。怪しげな存在である彼らは、少なくとも社会的にはまったく後ろめたいところのない地位を持っているのだった。伊佐も警察から事情聴取されるときにはサーカム保険の社員証を出せば一発で話が付く。

そこに入るのに、三度のセキュリティチェックを受けなければならない個室のオフィスにいるソーントンは、その場に実に似合っていて、どう見てもふつうの外資系会社のシニアエグゼクティブ、といっ

た貫禄《かんろく》がある。

「それで、話というのはなんだ？」

しかし伊佐は、そんな威圧感などまったく無視して、ストレートに訊ねる。

「ああ――」

ソーントンはそんな伊佐のことを少し眩《まぶ》しそうな眼で見つめて、

「聞くことなど何もない、という顔をしているね」

「そうだな。どうせペイパーカットのことで、俺たちにわかってることなど何もないんだからな」

「確かにその方面では君に勝《まさ》る人材はいないから、私から言えることは当然、インフィニティ柿生に関することだよ」

「ヤツはペイパーカットに個人的な恨《うら》みでもあるのか？」

伊佐の問いに、千条が横から口を挟んでくる。

「ぼくのメモリーデータの中には、彼が以前にペイパーカットと遭遇したとか、事件の関係者であったという情報はないのですが」

「それはそうだ。サーカム財団にもそんな情報は入っていないんだから」

「ヤツは自分の〝半身を殺された〟などと言っていたが――なんのことだ？」

「その辺のことも我々はわからない。ただ、柿生氏にはかつて、財団から協力を要請した過去がある。伊佐くん、君を我々がスカウトする前年のことだ」

「それはペイパーカットの謎について、か？」

「そういうことだね」

「手品師に訊いたのか？」

伊佐があからさまに呆れた、という顔をしたので、ソーントンは苦笑した。

「哲学者にも訊いてるし、詩人にも訊いているよ。君だって元警官だろう？」

「俺は落ちこぼれだったからな」

「我々は役に立ちそうだと思ったら、なんでもやるし、それがどんなに馬鹿馬鹿しいように思えても関係ないね」

「そういう手当たり次第のやり方は、ときにはいらぬ混乱の元だぞ」

「今回のように、か——しかしそういう混乱もまた、謎に迫るヒントになるかも知れないだろう？」

「ヒント、ねえ——」

「どうだろう伊佐くん。ここはひとつ、しばらくペイパーカットではなく、インフィニティ柿生のことを調べてみては？」

ソーントンはそう提案してきた。伊佐は渋い顔になり、

「そんな暇はない、と言いたいところだが、ヤツがペイパーカットに執着しているのならば、結局は同じことだろうな」

と、ため息混じりで言った。

「おそらく今のように、これから俺たちに向こうの方から色々と手出しもしてくるだろうから、どっちにしろ対立は避けられない」

「先手を打って先回り、ということだね」

千条もうなずいた。ソーントンがさらに付け足す。

「もしかすると、柿生氏は彼なりのペイパーカットの正体に迫る方法を見つけたのかも知れない。そしてそれを我々には教えず、独占して利用できると考えているのかもな」

「手品のタネを見つけた、って言うのか？」

伊佐は思わず、ふん、と鼻で笑っていた。

「だったら俺はもう、お払い箱だな」

「その可能性は限りなく低いだろうね」

千条が真顔で言った。これに伊佐は、

「どうかな。ヤツは優秀らしいじゃないか。俺たちの誰もがわからなかったトリックを見出せたかも知れないだろう。そうなれば俺は失職することになるから、転職先を探さないとな」

と投げやりに言う。

「だからそれはあり得ないから、その心配は無用だ

よ」

「いや、少なくともこの仕事を辞めれば、お前の世話をしなくてもいいんじゃないかって思うと、それだけはホッとできるな」

「その点も無理だろうね。たとえ君がペイパーカットの調査から解放されても、ロボット探偵の管理というのは別枠だからね。釘斗《くぎと》博士も君が最適と言っているから、きっとそのまま継続されるよ」

「それはおまえが一人立ちできれば問題ないだろう。努力してくれよ」

「だからその努力ということの具体的指針が不確定なんだよ」

「ずいぶん食い下がるな」

「君が不安定なことを言うからだよ」

二人が話し続けていると横で、ぷっ、とソーントンは噴《ふ》き出した。

「相変わらず面白いね、君たちは」

「とりあえず柿生太一の資料を見せてもらおう。ヤツを調べるなら、どこから取りかかればいいか決めなければ」

伊佐がそう言うと、千条が、

「やっぱりやる気なんじゃないか。どうしてわざわざお払い箱とか言うんだい？」

と訊いてきたが、伊佐はこれを無視して、

「柿生とは少ししか話をしていないが——芝居っ気はあっても、嘘はついていない気がした。本気でペイパーカットを獲物として狩ってやろうと考えている気がする」

と言った。するとソーントンは、ふむ、と眉をひそめて、

「彼はマジシャンだ。それが獲物というのは、つまりはそのトリックを手に入れたい、というようなことなのかな。自分でモノにできると思っているのか？」

と言うと、伊佐は首を横に振って、

「そういうのでもない気がする。そういう利益を得

ようという感じではなかった——もしかするとヤツは……」

　言いかけて、一瞬口ごもり、しかしとりあえず、という調子で声に出す。

「ヤツはペイパーカットになりたがっている——憧れているのかも知れない」

「そいつは……どういう意味だ？」

　ソーントンが目を丸くする。だが伊佐自身も言いはしたものの、その印象をうまく説明できない。

「つまりその、なんというか——ペイパーカットなど恐くない、というあの態度は、子供が憧れているものに〝あんなの大したことない〟って言い張るようなことなんじゃないか、って——ああ、どうもすっきり表現できないな」

「柿生氏はペイパーカットの能力が欲しいのか？　誰にもわからないように、誰かを殺したいと思っているというのかね」

「だから、よくわからない——」

　伊佐とソーントンが悩んでいるところで千条が、

「とにかく、その辺のことを調べればいいんじゃないのかな。柿生太一の過去とか、交友関係とかを」

と、単純そのものの提案をした。だが伊佐はその凡庸《ぼんよう》さに文句を言う気にはならず、

「そんなところだろうな——」

と素直にうなずいた。それから苦笑して、

「しかしそいつは、ずいぶんと普通の調査だな」

と呟くと、千条は大真面目に、

「忘れたのかい？　君はサーカム保険の正式な調査員でもあるんだよ」

と言った。

3

「インフィニティ柿生？」

　東澱《ひがしおり》奈緒瀬は部下からその名前を聞かされて、眉をひそめた。

「そいつ何者なの？」

「奇術師の業界ではかなりの有名人のようです。アメリカの大会でも何度か入賞して、ラスベガス公演などもこなしているそうです」

「ふーん――もしかして、東澱グループの中でもそいつのスポンサーになったりしたことがあるとか？」

「はい。運送会社系列で二度、建築関係でも一度ありました。代理店が毎回違っていて、顔が広いのだろうと思われます」

奈緒瀬の一族、東澱家は各界に隠然《いんぜん》たる大きな影響力を持っている。ここでいう系列というのは、子会社という意味ではなく、東澱が自由にできる企業という意味である。

「じゃあこっちが知らなくても、向こうはこっちのことを知っているっぽいわね……」

奈緒瀬は顔をしかめた。

「それで伊佐さんたちも、そいつには逃げられたと」

「現在は行方不明ということですが、彼が接触しているイベントプロデューサーは判明していますから、ヤツを締め上げればおそらく、すぐにわかります」

「うーん……」

奈緒瀬は考え込んでいる。

「そもそも、伊佐さんたちもそいつ自身を積極的に追っているのかしら？」

「サーカムの二人が彼を調べようとしたきっかけは、どうやら柿生のステージを映した動画を発見したからだと思われますが――」

そう言われて奈緒瀬もその動画を見たが、カードの中に予告状が混じっているのがどういう現象なのかは、当然わからない。

（しかも別にこのマジシャンを捕まえたところで、わたくしがペイパーカットへの手掛かりを得られるわけでもないんでしょうね――）

しかしペイパーカットの探索は、彼女が敬愛し、ほとんど崇拝している祖父から直々《じきじき》に命じられた特別な仕事である。曖昧であっても投げ出すわけにはいかない。

とりあえず、このマジシャンが巻き込まれた人間なのか、自分から騒動を引き起こしているのか、それを確かめるために東澱の息が掛かっているマジシャンに話を聞いてみると、自分ではなんとも言えないから、もっと優秀な人間を紹介すると言われた。

「皆はトリート先生と呼んでいます」

そう説明されたが、それで指定された場所に行ってみると、奈緒瀬にはどうにも信じられない気持ちが湧き起こってきた。

そこは公立中学校の正門前だったのだ。

「……ほんとうにここで間違いないんでしょうね」

つい部下にそう言ってしまう。部下の男は困ったような顔になり、

「いやお嬢様、なんでしたらこの件は私どもの方で担当しますから、お戻りになっていても——」

「だから、仕事中はお嬢様って呼ばないで」

「失礼しました。ですが代表、時雄《ときお》様のパーティに出席なさった方がよろしいのでは——」

「優先順位の判断はわたくしがするわ。第一、お兄様のご機嫌伺《うかが》いなんか馬鹿らしくてやってられないし」

彼女たちが軽く揉《も》めていると、学校の玄関から正門に向かって二人の生徒が歩いてきた。男子と女子だ。こっちの二人の方もなにやら揉めている。

「だーからあ、タネくんは何でもかんでもバラしすぎなんだよー」

少女の方が強い口調で言っていて、少年はやや困ったようにニコニコしている。

「そうは言うけどね。種明かしするからみんなにウケるんだよ？　みっちゃん」

「いやでも、せっかくみんなが驚いて、タネくんすごい、みたいになってんのに。そこでトリックを教

えちゃったら、なあんだ、ってことになるでしょうが」

　みっちゃんという少女の方が、タネくんという少年よりも少し背が高かった。

「いや、その〝なあんだ〟で笑いが起こるんじゃないか。緊張と緩和《かんわ》、そのギャップが笑いの基本だよ」

「笑われなくてもいいでしょーが！」

「僕はみんなの笑顔が見たいんだよ」

「そんなこと言う割に、結構クラス中で笑ってるときに一人だけ真顔なくせに。お笑いのセンスとかないでしょ？」

「うん、なんで皆が笑ってんのか時々わかんないんだよね。誰かが失敗したときとか転んだときとか、何がおかしいんだろうね、あれ」

「ああもう――」

　みっちゃんだけがひたすらに苛立っていて、少年の方はひたすらにのほほんとしている。その資料で確認済みの顔を見て、奈緒瀬は彼に近寄っていく。

「君が、種木悠兎くんね？」

　いきなり言ったので、みっちゃんがびっくりして、

「な、なんですかあなた？」

　と焦って訊いたが、これに少年は静かに微笑んで、

「ああ――さっき巻乃手さんからメールをもらいましたから、事情は知ってますよ」

　と言いながら、その手を差し出してきた。奈緒瀬は握手を返して、

「なら話は早いわね。わたくしは東澱奈緒瀬。トリート先生と呼ばれているあなたに訊きたいことがあるのよ」

　と言うと、悠兎という少年はまた、ちょっと困った顔をして、

「その〝先生〟って付けるのあんまり好きじゃないなあ。なんか笑えないんですよね。呼ぶなら〝トリ

ート〟だけでいいですよ」

と言った。すると横からみっちゃんが彼を奈緒瀬から引き離すようにして、

「な、なんなのよこの人？」

と詰問《きつもん》すると、悠兎は軽い口調で、

「いや、大したことじゃないよ。手品のことを知りたいんだってさ」

「なんでそれで、タネくんのところに大人が来るのよ？」

「ほら、僕って結構なマニアだから。素人ならではの視点が欲しいとかいうような、アレだよ」

「だからって――」

不満そうなみっちゃんを置いて、悠兎は奈緒瀬の方に戻ってきて、

「話を聞きたいって、どれくらいの話ですか」

と訊いてきた。奈緒瀬は少し面食らって、

「どれくらい、って――」

「カードの束に何かを挟めるか、ということなら、僕のレベルはそんなものですけど」

と言って彼は奈緒瀬の手を指差した。さっき握手をした手だ。奈緒瀬が自分の手に目をやると――薬指と中指の間に一枚のカードがいつのまにか挟まっていた。

不思議なことに、見た途端に持っているという感触を覚えた。

いつのまに、と奈緒瀬が思ったところで悠兎はすぐに、

「握ったときには、もう差し込んでいたんですよ。人間の触覚っていうのは、一度に二箇所だと混乱してよくわからなくなるんです。その錯覚を利用した仕掛けです。僕の指の裏に隠していたのがそのままそっちに行っただけです」

とあっさり説明した。そのあまりの正直さに、奈緒瀬は、

（なんか――この子、どこか千条雅人に似ているような……）

と感じた。すると横で、

「あああ。だからあ！　なーんですぐに他人にトリックを教えちゃうのよぉ――」

と、みっちゃんが声を上げげて、それに悠兎がにこにこしながら、

「まあいいじゃないか」

と言った。その無邪気な顔を見て、奈緒瀬は、

（――いや、千条さんだったら、こんなに屈託のない笑顔はできないわね）

と思い直した。

4

「なんで連絡がつかないのよ？」

「そう言われてもねえ。とにかくウチと柿生さんはもう無関係だから」

あの火事騒ぎの後、スイヒン素子は文句を言ってやろうとインフィニティ柿生が所属していた芸能事務所に掛け合いに行ったが、そこで聞かされたのは、もう柿生がその事務所とは契約していないという話だった。

「なによ、あいつ辞めたの？」

「さあね。もともとこっちは彼のマネージメントを代行してただけだからさ。『もういいです』ってことになったら、それでおしまいだよ」

事務所の男は投げやりに言った。心底どうでもいい、と思っている感じだった。それは当然、売れないマジシャンである素子のこともどうでもいいと思っていることでもある。

（……なんなのよもう！）

素子は色々と、方向性の定まらない怒りに苛《さいな》まれつつ、事務所の入っているビルを後にした。

玄関を出て、少し歩いて、やっぱりムカっ腹が立ったので、事務所の方を睨《にら》みつけてやろうと振り返る。

すると、そこで目に入った。

（……おや？）

建物の前に、一人の男が立っていて、上の方を見上げている。

銀色の髪が、まるで鏡のように輝いている。

「あれ――アメヤ？」

声を掛けると、彼はゆっくりと彼女の方を向いて、

「やあ、素子さん」

と返事をした。

「あれからどうしてたの？　――つーか、もしかしてあんたも柿生の野郎に話を付けに来たのかしら？　だったら残念だけど、もうアイツここにはいないんだってさ」

「そうですか、それは困ったね」

飴屋はとぼけたように言った。

「でもさ、なんだったのアレ？」

素子は彼の方に歩きながら迫った。

「あの二人組よ。アレってやっぱりあんたを捜していたんでしょう？　あいつらって何者？　正直、どう見ても堅気《かたぎ》に見えなくて――サーカム保険だって言ってたけど、アレほんとうなのかしら」

「彼らは嘘は言わないよ。ただ、遠慮もしてくれないけどね」

「いや、なんかさあ――生命に関わるぞ、とか脅されたんだけど」

「紙切れを受け取るな、と」

「そうそう、そう言われた――どういう意味？」

「彼らは保険に関わっているからね」

「ああ、契約書とかにサインしたりするな、ってことなの？　そんなもんなのかなあ。いや凄い真剣でさ。ちょっと引いちゃったわよ。特にあのサングラスの方」

「彼は真面目なんだよ」

「あんたが直に、あいつらと話を付けたら？」

「それはちょっと、難しいだろうね。彼らの方が少しばかり考え方が固定しすぎているしね」

「言っても聞いてくれない、って感じは、確かにあったわね――」

素子がしみじみとうなずいていると、携帯電話が着信した。

取り出して、少し顔をしかめる。どうしてコイツがこのタイミングで掛けてくるのか、理解しにくい相手だったからだ。しかも、嫌いな男だった。

それでも仕事上、着信拒否ができない相手でもあった。彼女はしかたなく電話に出る。

「――もしもし」

〝ああ久しぶり、スイヒンちゃん。最近どうよ？　まだマジシャンやってる？〟

馴れ馴れしい大声が相変わらず不快である。その嫌悪をなんとか噛み殺しつつ、

「えと、用件はなんでしょうか、臼田さん」

〝いやいや、そりゃあマルチプロデューサーたる僕がさ、わざわざ電話するっていうことはさ、そりゃあオイシイ話に決まってるじゃないの〟

臼田淳の耳元に絡んでくるような声は、生暖《なまあたた》かい息が混じっているようで、今すぐにでも通話を叩き切りたい。しかし仕事を選んでいる余裕のない素子としては、

「ええと、つまり仕事のオファー、ということですか」

と訊かざるを得ない。

〝いやあ、それがさあ、まだなんとも言えないんだよねー。オフレコっていうかさ、正式に決まってないっていうか。でもいざ企画スタートってことになったらさ、即ゴーって感じにしたいからさ、こうやって前もって話を通してる訳よ、うん〟

何を言っているのか、さっぱり要領を得ない。怒鳴りつけてやりたいところだが、必死にそれを我慢する。その間にも臼田はひとりで喋《しやべ》り続けていて、やがて、

〝ところでさあ、スイヒンちゃんはインフィニティ氏とはもちろん知り合いだよね？　同じマジシャン

だし〟

と言ってきた。素子は嫌な予感を覚えつつ、ええまあ、と返事をする。すると臼田は、

〝はいはいはいはい、それそれ。それは好都合。実はインフィニティ氏と関係する話なんでね。知ってるかな、彼が今度、大掛かりなマジックを計画してるってことは〟

「いや、初耳ですけど――」

〝そうなの？　こないだ彼がやるはずだった公演が火事騒ぎでキャンセルになっただろ？　アレを逆手《さかて》にとって、やろうとすると呪われる奇術に挑戦、という煽りを加えて、でっかく盛り上げようって話なんだよ。もちろんテレビ局にも持っていく話だよ。それでさスイヒンちゃん、そのときは君にも手伝って欲しいんだよね。いやアシスタントとかじゃなくてさ。こう言うとアレだけど、前座？　みたいな感じで。神秘的な空気の演出の一環ってことでさ〟

「――それって、柿生がやれって言ってきたんですか」

〝え？　いや違うよ。こいつは僕の判断。彼だけだとなんかね、番組的にもうちょっと華《はな》が欲しいっていうかね。局プロデューサーに話を通すときに色々とバリエーションがあった方が都合がよくてね。とにかく考えといてよ。君にとっても損のない話だと思うぜ？〟

ひたすらに浮《うわ》ついた調子で話し続けて、一方的に言われっ放しで、通話が終わったときには素子は、ずっしり、と両肩に重石《おもし》を載せられた気分になっていた。

「うー……なんなのよ――」

思わずぼやいてしまう。すると目の前に立ったままだった飴屋が、

「なにやら面倒なことになってきたようだね」

と言ってきた。素子はうなずいて、

「結局、きちんと仕事として契約できるのかも曖昧なままにされちゃったしさあ――こないだのヤツも

保険がどうのって支払いまで長引きそうだし――あー、もう」

頭をぐしゃぐしゃと掻《か》きむしる。そんな彼女に、飴屋が静かに、

「気になっているのは、本当にそういうことかな？」

と言った。え、と素子が顔を上げると、銀色の男は彼女のことをまっすぐに見つめている。

「君は今、迷っている――果たしてこの一歩を踏み出していいものかどうか、と」

「えと――」

「この前は、ほんとうにただの引き立て役……しかも向こうも本気ではなかった。だが今度は、どうやら向こうも全力でやるようだ。間違ってもトリックの使い回しなんてことをすることはない……そこで、自分はどうしよう、と」

その眼は、素子の瞳の奥を覗き込んでくるようだった。

「それを考えている――できるのかどうか悩んでいるのではない。やろうと思ったらやれるはずだと信じている。だから……後は踏み出せるかどうかだけ。それも実のところ、そんなに迷ってもいないんだろう？」

「……………」

「自分があのインフィニティ柿生に負けるはずがない。対等の立場でやれば、自分の方が絶対に凄いマジックを皆に魅せられる――その勝負をしたくてしたくてたまらないいんじゃないのかな」

「……………」

素子は飴屋に見つめられて、その眼を見つめ返す。やがてその鼻から、むふっ、と大量の空気が吐き出される。

「――ある意味、立場がなくなっちゃうのよね……前座が主役を喰っちゃったら」

「それを本当に気にしているのかな、君は」

「……気にしてないわね。あんまし」

苦笑しながら言って、素子は、だはあ、と口から大きく息を吐いた。

「あーっ、くそっ、やるしかねーわね……！」

それから頭を左右に激しく振る。髪の毛がライオンのたてがみのように舞い上がる。

それから、きっ、と飴屋を睨んで、

「それで相談なんだけど——私には手伝う人間がいる」

「ふむ」

「そして今、私の前には柿生も興味を持っていたくらいの腕利《き》きがいる」

「さて、そう呼んでいいのかな」

「いいのよ。私は知ってるんだから。でさあ——モノは相談なんだけど、アメヤ、あんた私を手伝ってくれない？」

この依頼に対し、飴屋は驚きも戸惑いも、そして喜びもなく、ただ静かに、

「君のイリュージョンに協力してほしい、と？」

と確認するように問い返した。素子はうなずいて、

「もちろんできる限りのお礼はさせてもらうわよ？」

と言った。飴屋はその言葉には特に反応せず、少し上目遣《うわめづか》いになって彼女を見つめて、

「なるほど——それはなかなか興味深い話だね。特に、君のその欲求が面白い」

と、微笑みを浮かべた。

「じゃあ決まりね？　二人で一緒に、あのムカつく柿生のヤツをぶっ潰《つぶ》してやりましょうよ！」

盛り上がっている素子に対し、飴屋はあくまでも静かな表情だった。化学反応を観察している科学者のような冷静さだけが、そこにはあった。

「それで、そのイベントの名前はもう決まっているのかな」

「ええ。本決まりなのかどうかは知らないけど、確か——イリュージョン・ファンタジア〈絢爛《けんらん》〉とか

言ってたわ。どういう意味かしらね」

「絢爛というのは、きらびやかということだ」

「華やかなイメージで押す、ってことかしら。なんか私のマジックのためにあるようなネーミングじゃない？」

「確かに輝くように美しいという意味だが——それ自体はなんでもない。装飾としての意味しかない言葉でもあるね」

「つまり？」

　素子の問いに、飴屋は一瞬だけ無表情になって、そして言う。

「つまり——実体は不明で、印象だけしかなくて、ただ光だけがある、というような風にも取れる。さて、柿生氏は何を考えてそんな名前にしたのかな——？」

CUT 3.
Yuto Taneki

時ばかりが過ぎ去っていく中で
確かな真実は一つも見つからず

——みなもと雫〈イカロスの空の下で〉

1

「色々と教えるのはかまわないんだけど、でも具体的なトリックということになると、なかなか難しいんだよね」

トリート先生こと種木悠兎は、奈緒瀬に向かってそう言った。

「ああ、別に君のマジックの邪魔をする気はないから――」

と言いかけたところで、悠兎は手を振って、

「いやいや、そういう意味じゃないです。僕のトリックって、結構な割合でもう売っちゃってるから、教えるとなるとそっちの人の許可が必要なんで」

と言った。

「……は？」

「だから、僕が考えたヤツでも、僕にはもう著作権がないから、勝手に教えらんないんですよ。それに信用問題もあるから、教えて回っているという話が広まるのもまずい」

にこにこしながら言う。

ここは東澱の傘下《さんか》である会社の会議室である。重厚なカーペットの床にぴかぴかに磨《みが》き上げられたテーブルに巨大なモニター、といった完全な〝大人の空間〟であるが、この中学生は全然それにひるんでいる様子がなく、どこまでもリラックスのマイペースである。

奈緒瀬は少し戸惑いつつ、

「……よくわかんないけど、トリックを知りたい訳じゃないから」

「カードの束《たば》の中に、なにやら変なものが混じっていたとかいう話でしたっけ？」

「そうよ。君を紹介してくれた巻乃手は不可能だって言っていたけど……」

「柿生さんの、そのカードマジックって、これですよね……」

そう言いながら、悠兎少年は映像に映っていたようにカードをぱらぱらといじる。しかしその手捌《てさば》きは柿生に比べるとだいぶモタモタしている。しかし同じように、次々と色が変わる。

「君もこれ、できるの？」

「やり方を知ってるだけで練習は積んでませんから、柿生さんのようにはできませんけどね」

「……練習はしてないの？」

「だって、僕のマジックじゃないですから。ていうか僕はマジックを真剣にはやらないんで」

「……なんか今ひとつ、意味わかんないんだけど」

「本当は、知ってることを他人に教えるのもまずいんでしょうけどね……まあ、そちらはもう色々とご存じみたいだから、いいでしょう。で——」

と言いながら、ぱらぱらとまたカードを返していく。するとその中に一枚、別の紙が混じっているのが見えた。

取り出すと、それはさっき奈緒瀬が彼に渡した名刺である。

「——後からカードデッキに紛れさせることが可能か、ということなら、こんな風にできますね」

「でもそれは、君が自分で入れた訳でしょ。ここで問題なのは、第三者が入れられるかって話なのよ」

「ここでポイントなのは、それまで持っていなかったものを入れられるか、ということなんですよ。前もって、奥の方に仕込んであるものに差し込むことはできませんからね。これはごく浅いところにしかトリックがないんで、どこに入っているか知ってさえいれば、可能ではありますね」

「——つまり、どういうこと？」

「僕なら、カードを入れられちゃうなあ、ということですね」

真顔で言ったので、奈緒瀬は思わず大声を上げてしまった。

「えええ？　君が？　入れたの？」

「いや、入れてませんけどね。でも僕は入れていないということを証明できないんですよ」

回りくどい言い方をする。奈緒瀬はだんだん疲れてきた。

「……いや、別に証明しなくてもいいから」

「これが裁判とかになっちゃうと、僕って容疑者になっちゃうんですよね。できるのがまず、僕になっちゃうから」

「だから、訴えないから――」

奈緒瀬がそう言うと、悠兎は首を横に振って、

「この場合、訴えるのは柿生さんですよ。営業妨害で」

と訂正した。奈緒瀬が眉をひそめると、彼はうなずいて、

「僕が柿生さんで、彼がなにかを考えているのを隠したいのならば、目眩《めくら》ましの方法にはこだわらず、なんでもやると思いますからね。告訴するという可能性もないでもない」

「――隠したい、ってどういうこと？」

「いやあ、たぶんこれ、メッセージですから」

問いに、悠兎は実に簡単に言った。奈緒瀬は眼を丸くしつつ、

「メッセージ……って、誰が、誰に？」

と訊き返すと、彼は、

「たぶん、あなたにじゃないですかね」

と奇妙なことを言いだした。

「え？　わ、わたくし？」

「あなたのように、とにかく〝この文章〟に反応する誰かに、でしょうね。あれ、どう見ても〝わざと見せてる〟って気がしますから」

悠兎は言いながら、今さっきカードに混ぜたという名刺を抜き取って、テーブルの上に裏返しにした。

そして表に戻すと、それは何も書いていない白い紙切れになっている。

奈緒瀬がそれに驚くよりも早く、彼はあっさりと、

「これは紙を二重にしていたんです。裏返すように見せて、何か書かれている方を手のひらに隠しただけ——」

と言って手を返すと、そこには名刺が挟まっている。

「たとえ誰かが別のカードをこっそりと紛れ込ませていたとしても、それを客に見せないようにあらためて隠すことは、あのマジックだと簡単なんですよ。それをしなかったということは、つまり柿生さんはこの文章を、さりげなく、でも気になる人にははっきりと見せる意図があった、ということでしょう。ちら、と見ているのは視線の誘導です。失敗したのに気づいたんじゃなくて、ここを見ろ、と誰かに言っているんですよ」

それから奈緒瀬のことを見つめて、

「それがなんのためか、っていうことは僕はわかんないです。そっちはあなたの方がわかるでしょう」

「……もしかして、あの動画を投稿したのも柿生本人だと思ってる？」

「ええ」

悠兎は気楽にうなずいた。

「誰かに告げている。でもそれは他人にはわからないような形だ。伝えつつ、隠してもいる——たとえば、僕にはこれになんの意味があるのか、全然わかんないし」

「…………」

奈緒瀬は少し考えた——しかし、あまり考える必要はなかった。

（この少年の言うことが正しいのなら——柿生は挑発している。本物の予告状の主を、ペイパーカットを呼んでいる——）

なんのために？　それはまだわからないが——しかしはっきりしていることは、

（だとしたら、柿生は死の危険を覚悟している——ペイパーカットに殺されるかも知れないと知っていて、なお挑発しているのね）

ぞくっ、と背筋が寒くなるのを感じた。もしも自分の予告状を模したものが世間に晒《さら》されていると知ったら、ペイパーカットはどうするのだろうか？

2

「で、アメヤさあ——これからどうするの、あんたは」

「そうだね——呼ばれたはいいけど、それでどうするのかは決めていないね」

「柿生のヤツも無責任よねえ、あんた、どこから来たの？」

「とても——とても遠いところだね」

ありふれた問いかけに、銀色の男は実に曖昧な答えを返した。

「じゃ、帰ったら戻って来れないの」

「難しいだろうね」

「あー——そっか……」

素子は少し考えて、それから言った。

「じゃあさ、あんた、ウチに泊まっていきなさいよ」

「君の家？」

「といっても、実家だけどね。両親と一緒だけど、いいかな？」

「ご迷惑じゃないのかな」

「ああ、それは平気よ。前からしょっちゅうスタッフとかも泊めているから。外人とかでも全然平気なのよ、ウチの親は」

「なるほど。君の保護者か——」

その単語を、飴屋は普通とは少し違う調子で呟いた。文字通りに〝保護するもの〟を表現しているような言い方をした。しかし素子はそんなことには当然、気がつくことなく、

「いやいや、ちゃんとお金は入れてるのよ？　スネだけ囓《かじ》ってるわけじゃないから」

と言い訳するように言った。

そして素子が運転する車は数十分後に彼女の自宅に到着した。住宅街の中にある、ありふれた家という感じだったが、車庫が屋根付きで普通よりも大きい。半分倉庫になっていて、そこに素子のマジック器材が置かれているのだった。

既に連絡済みだったので、彼女の両親は玄関で二人を出迎えた。

「あらあら――まあまあ」

素子の母親は、飴屋のことを一目見て、とても驚いた顔になった。

「ほらほら、お父さん、この人ってば」

「おおう、こんなことってあるんだなあ」

父親も驚いている。その反応があまりにも大きいので、素子はちょっと眉をひそめる。

「別にそこまで驚かなくてもいいでしょ。ちょっと失礼じゃない?」

飴屋の銀色の髪がいくら見事だからって、そこまでびっくりするほどでもないだろう、と彼女は思った。

「いやあ、これはちょっとないだろう……」

「ねえ、不思議よねえ――これもマジックなのよね?」

「多少の仕掛けはありますよ」

「ああ、そのまんまって訳じゃないのよね。でも、それにしてもねえ――」

母親はひたすらに感嘆している。なんなんだ、と素子は少しイラついて、

「とにかく、この人をしばらく泊めるから。二階の部屋って使えるわよね?」

「ああ。しかし――この人のことは、当然他の人には内緒なんだろ?」

父がそう言ってきたので、素子は、

「まあ、一応は」

あいまいにうなずくと、母が、

「そりゃそうですよお父さん。これは秘密にしないと。ねえ? トリックがばれちゃうわよねえ?」

と、やけに意気込んだ調子で口を挟んできた。素子は面倒になってきて、

「ああもう、とにかくアメヤを部屋に案内するからさ」

と、ニコニコしている両親の前を通って、二階の部屋に彼を連れていった。

「もともと物置だったところだから、ちょっと狭いんだけど――」

「いや、充分だよ」

飴屋は部屋を見回して、床や壁にいくつもの凹《へこ》みがあることに気づく。それは手足を思いっ切りぶつけたような痕《あと》である。

「君は、ここで練習していたのかな」

「子供の頃はね――ここなら多少乱暴にしてもいいって」

素子は部屋の隅に立てかけてあった折り畳みベッドを開きながら、

「布団は後で持ってくるから――」

と言いかけたところで、彼女の携帯電話が着信した。彼女はすぐに出たが、その態度が話の途中で変わっていく。

「――ええ？　どういうことなの？　ちょっと話が違うじゃないの――いやいやいや、そいつは筋が通らないんじゃ――」

殺気立っていく。通話しながら飴屋にちょっと目配せして、部屋から出ていきながらも声を張り上げている。

「だからあ、それなら直に責任者を出しなさいよ責任者を。なーにが行方不明よ――」

自分の部屋に入ったらしく、声がくぐもって聞き取りにくくなったが、なにやら響いてくるのは止《や》まない。

飴屋は部屋の中をあらためて観察しつつ、ベッドに腰を下ろす。

するとそこに、素子の母がお盆にお茶を載せてやってきた。

「どうぞ」

「ああ、これはすみません」

飴屋はお礼を言って、お茶を手に取った。そんな飴屋を、母はしげしげと見つめて、

「それにしても、ほんとうに不思議よね」

「そうですか？」

「そうよ——そっくりなんだもの」

ため息混じりに言う。

「そんなに、そっくりに見えますか？」

飴屋の質問に、母は深くうなずいて、

「そうよ、瓜二《うりふた》つよ。あなたと素子、まるで鏡に映ったみたいにそっくりだわ。これってあれでしょ、二人を一人みたいに見せて、瞬間移動とかの仕掛けに利用するってヤツなんでしょ？　素子もまあ、よくもあなたを見つけてきたものね。まるで双子だわ。ほんとうにそっくり——」

「それはお母さんには、そう見えるということですけどね。あなたが、娘さんをこの世の誰よりも大切に思っているから、基準がそこになっているから、私のことも彼女のように見えるのですよ。お父さんも同じですね」

飴屋の静かな言葉に、母は、そうかしら、と首をかしげ、それから、

「まあ、そういえば眉毛の形はやっぱり、少し違うかも」

と言った。これに飴屋は、

「やっぱり、とは？」

と質問する。母は、いやそれはね、と手を振りながら、

「あの子って、昔から手品が好きだったでしょう？　それで子供の頃、新聞紙を一瞬で燃やして消すっていうのを練習していて、それで顔に火傷《やけど》しちゃって。それは大したことにならなかったんだけど、眉毛の形が変わっちゃったのよ。あれなのね、もう生えないのかと思ったら逆で、なんか濃くなったらしいわね。そういうこともあるのねえ。だからあの子

はいつも剃《そ》って形を作っているのよ」

「なるほど。お母さんとしては、それが気に掛かっているのですね」

「だって、ねえ——顔の、眼の前が燃えたりしたら、私だったら怖くて怖くて、もう手品なんかする気になれないわ。でもあの子ったら聞く耳持たなくて——あらごめんなさい、あなたもお仲間なのに」

「いや、私は彼女の仲間というわけではありませんよ」

「あら、そうなの？　でも手伝いをしてくれるんでしょう？」

「私には私の仕事もあるので、その範囲内でなら、というところですよ」

「あなたは何をおやりになっているの」

「そうですね——強いて言うなら、紙切れにものを書くのが仕事ですね。その結果、色々なことが起きるのを観察する、といったところです」

「あら、つまりその……作家さんなの？　あの子、あなたに無理を押しつけたりはしてないかしら」

「お互いに、関心を持っているものが近い、というところですよ」

「あの子は今、何に関心があるのかしら」

「どうやらインフィニティ柿生という人に負けたくないようです」

「ああ——」

その名前が出てきたところで、母は大きく嘆息した。

「柿生さんねえ——またあの人なのね。一方的にライバル意識燃やしちゃって。どう見たってあっちの方が格好いいのに」

母がそう言ったところで、素子が戻ってきて、

「お母さん、何ふざけたこと言ってんのよ？」

と怒りの声を上げた。しかし母はまったく動じず、

「だってそうじゃない。あなたってホント前々から」

とさらに言いつのろうとしたので、素子は母の背中を押して、

「いいから！　ちょっと込み入った話をしなきゃならないから！　お母さんはもう出てってよ！」

「まったく、他人様《ひとさま》にご迷惑ばっかり掛けるんだから、あなたは——」

ぶつぶつ言われ続けているのを無視して、扉の外に母を追い出すと、素子はふうう、と大きな息を吐いた。

「ごめんね。なんか絡まれちゃってたみたいね。悪気があるわけじゃないのよ」

「君が心配なんだよ」

「もう子供じゃないってのに、ねえ」

「君のご両親をどうにかするのは、簡単だね」

飴屋はさりげなく言ったので、一瞬、素子は何を言われたのか把握できなかった。

「……え？」

「彼らをどうにかするには、君がいなくなればいいだけのことだ。彼らは、君のことを自分の生命《いのち》と同じか、それ以上の価値があると考えている——だから君がどうにかなってしまえば、彼らの生命もまた消えてしまうだろう」

飴屋は淡々と、まったく感情のない声で言う。

「い、生命って——」

「私はそういうもののことを、キャビネッセンスと名付けて呼んでいる。君のご両親のキャビネッセンスは、娘の君だ。なによりの宝物なんだよ」

「……あの、何言ってんの？」

「君にはそういうものがあるのかな。君のキャビネッセンスがなんなのか、自分でわかっているかな？」

飴屋の声には、特に迫力はない。なんの重みもない。脅しているようにも、ふざけているようにも聞こえない。

「…………」

素子は、彼の眼をまっすぐに覗き込んでいるが、

そこからはなんの危険も感じ取れなかった。彼女に向けられている、如何《いか》なる敵意もなかった。

関心があるのは、彼女ではなく別のこと——その態度にはなんの偽りもなさそうだった。

「——なんか回りくどい言い方をしてるけど、つまりそれって、私が親から過保護を受けてるってこと？　可愛がられすぎ、って」

「さて。その判断をするのは私ではないね。ただ君が大切にされているということは事実だ」

「——うーん。私だってもういい大人なんだけどね……」

困惑しつつ、頭を掻く。そして気を取り直して、

「いや、まあ、そんなことはいいのよ。それよりもちょっと面倒なことになってきて。さっきの話だと、私がすぐに柿生の前座をやるはずだったんだけど。なんか知らないけどテレビ局の方で、いきなり番組にするには不安だからパイロット版を作らせろって言い出したらしくて、事前に私は他のマジシャンと勝ち抜き戦みたいなマジックコンテストをやらなきゃならなくなったみたいで——ネット中継だかBS放送とかで、予算もないらしいのよ、それ」

「でも、手を抜くわけにもいかない？」

「そうなのよ——それで悪いんだけど、そっちの方からも手伝ってくれないかな？　報酬とかは後で相談にのるから、とりあえずって感じで」

「君から、報酬はもらわないよ」

「……え？」

「この件では、私は別のところから成果を得るつもりだ。君に協力することで、その標的に近づくことができるはずだからね」

「——どういう意味？」

「君が、君のキャビネッセンスを探しているように、私もまた、私が考えるためのヒントを常に探し求めてるんだよ。これもまた、その一環となるだろう」

飴屋の言葉はまったく理解不能だった。それはマ

ジシャンが観客を煙に巻くときの口上と似ているようで、どこかが決定的に違っていた。

もちろん素子には考えが及ぶはずもない。

生命という単語を持ち出してなお、その言葉になんの重みもないということは、つまり——この男にとっては人間の生命そのものさえ、さほどの重みを持った存在ではなく、他のものと引き替えにするのにもためらいなどないのだ、ということに。

3

「柿生太一はペイパーカットに迫って、どうするつもりなんだろうね？」

千条の問いに、伊佐はやや浮かない顔で、

「どうなんだろうな——」

と煮え切らない返事をした。

「ペイパーカットの持っている謎の能力を解明するだけが目的なのかな。それとも別の何かがあるのかな」

「なんとも言えないな——」

「どうかしたのかい？　君らしくないんじゃないのか。いつもなら調べることが明確だったら、もっと積極的な態度になるのに」

千条にそう言われて、伊佐は思わず苦笑した。

「おまえに注意されるようじゃ、俺もだらしないな。しかし——確かにどうにも気が乗らないんだ」

「それは体調不良が原因じゃないのかい。君には休息が必要なのかもよ」

「いや、そういうんじゃない——とにかくわかったよ。もっと真面目にやらないとな」

伊佐は首を左右に振って、再び歩き出した。

彼らは今、不動産会社の事務所に向かっている。別にアパートでも借りようというのではない。そこのオーナーが、インフィニティ柿生こと柿生太一の実家だからだ。

柿生がいくら行方をくらまそうと、彼はペイパーカットのような浮き世離れした謎の存在というわけではない。親がいて、家族がいるふつうの人間だ。

となればそっちを調べれば、簡単にその素性は知れてしまう。あっけないというよりも、それはあまりにも当然のことだった。

(まさか俺は、それで張り合いがない、とか思っているんじゃなかろうな——)

伊佐は少し嫌な気分がした。意識していなかったが、もしかしてペイパーカットの調査の難しさに、自分は挑戦する喜びを感じていたのだろうか。だとしたら問題だ。そんなつまらない感情にとらわれていては、肝心のところでミスをしかねない。

(こういう人の精神の甘さに、ヤツはつけ込んでいるような感触もある……俺がそんなことを考えているとしたら、絶対にヤツに勘づかれているはずだ。気をつけなければ——)

伊佐はあらためて気を引き締めて、今は柿生太一のことに神経を集中させようと思った。

柿生不動産、というのは他人に物件の斡旋《あっせん》もしているが、ほとんどは自前のビルの賃貸などで収益を得ている会社のようだった。従業員の人数も少なく、受付に話をすると、こちらへどうぞ、と言って通されたのがもう社長室だった。

「やあどうも、あなた方がサーカム保険の方々ですね」

と言って握手を求めてきたのは、ずいぶんと若い男だった。

「僕が、社長の柿生信二《しんじ》です」

「どうも——太一さんの弟さん?」

伊佐は一応、確認してみた。いかにも若い実業家、といった印象でイギリス製のネクタイがよく似合っているスーツ姿の信二はうなずいて、

「そうです。と言ってもここしばらく会っていませんが——兄はマジシャンの仕事ばかりで、会社の方に来ないので」

「太一さんも、ここの役職に就《つ》いてはいるんですよ

ね?」

「役員の一人です。と言ってもウチの一家は全員そうなので、兄だけ特別というわけでもありません」

信二は笑いながら言った。顔立ちは太一ととてもよく似ているが、こちらの方は髭がなく、眉毛に優しい印象がある。背丈は弟の方がやや小さいようだ。

「それでお話は、兄が起こした火事騒ぎのことでしたか?」

「正確には、火災報知器の誤作動ですから、火事ということではありません。それほど深刻な話でもないんです」

伊佐は相手の警戒心をできるだけ解こうと、柔らかい口調で言った。

「ああ、どうせマジック絡みでしょう。兄はもう、入れ込むと本当に周囲にお構いなしになってしまうので」

「太一さんは海外での活動も多かったということですが——その渡航費というのは」

「もちろんウチからの持ち出しですよ。兄は凄腕《すごうで》ということになってますがね、実のところ金にあかせて高級な道具とか買いあさっていたんで、そりゃ優秀にもなりますよ」

弟は兄の散財を不快そうに言った。

「道楽も結構ですがね、あなた方のような人たちに迷惑を掛けてまでやることじゃありませんよねえ」

「いや、別にそれほど迷惑というわけでもないですよ」

伊佐は無感情に言った。

「それよりも太一さんは、いつ頃からマジックに真剣になったのか、ご存じですか」

「いや、そんなに昔でもないです。大学時代に嚙っていた頃は、遊び半分だったみたいだし。サークル活動の一環みたいな感じでしたよ。イベントプロデュース、とか軽薄なことをしてたんですよ、兄は。それで手品をやると面白いってだけで。始めた動機はそんなものでした。ただ——ある時期から妙に真面目になって」

「ほほう、それはいつから？」

「遊び半分でも、金にあかせて腕は良かったじゃないですか。それでなんか、女性アーティストのライブで演出の一部にマジシャンが必要ってんで、呼ばれて出たんですよ。それからでしたねえ」

「女性アーティストというのは——？」

「ほら、あれですよ。死んじゃった人。恋人に殺されたとかいう」

「みなもと雫《しずく》ですか」

「そうそう、そういう名前でした」

「それ以前は、それほど真剣ではなかったというのは確かなんですか」

「確かか、と言われると自信はないですが。本人から聞いたわけじゃないですから」

「なるほど——」

伊佐は軽く息を吐いた。

もちろん、インフィニティ柿生が、過去にみなもと雫と関係があったことは知っている。サーカムの資料にその辺のことは当然記載されていたからだ。

ここで千条が口を挟んできた。

「みなもと雫と、柿生太一の間には個人的な交流があったと思いますか？　たとえば恋愛関係になっていた、とか」

「は？」

ずいぶんとぶしつけな質問に、信二は眼を丸くした。ちら、と伊佐のことを見るが、いつもならば相棒の行きすぎた言動を止めるはずの彼は、このときは無反応だった。

「えーと——さあ、どうなんでしょう。でも相手はアーティストですからね。兄にその気があっても、相手にされなかったんじゃないですか」

「でも、なんらかの影響は受けたかも知れないのでは。みなもと雫のカリスマに洗脳されるような」

「洗脳、ですか?」

「彼女に接触したことで、それまでの人格では考えられなかったような行動に出た、というようなことはありましたか」

「いや——そこまでではなくて、単に一流のステージで演技したら、そこでやり甲斐《がい》に目覚めた、という程度のことだと思いますが」

「すると、そこまでの変化ではなかったのですね」

「端《はた》から見たら、そうです」

「なるほど、ではその辺の確認はやはり本人に直接訊いた方が良さそうですね」

「そうしてください」

信二はホッとしたように言う。すると伊佐が、

「そういう抽象的《ちゆうしようてき》な話ではなく、太一さんの今後の具体的な予定とかはわかりますか」

と質問した。

「それは——」

「まあ、わからないならそれで結構です」

「いや、お待ちください。確かこっちに請求書が来てたはずです」

信二は立ち上がって、事務デスクの方に戻って書類を漁っていたが、やがて戻ってきて伊佐たちにそれを提示した。

「採石場跡の土地使用——?」

「兄が会社の名義で借りたんですよ。広い場所が必要だったみたいで。たぶん大掛かりなマジックのリハーサルをやってるんでしょう。近いうちにテレビ局を巻き込んで何かやる、とかいう話ですから」

「予定では一週間で、あと三日も残っているみたいだが——そんなに掛かるものなのか」

伊佐がその請求書を睨んでいると、社長室に受付の女性が、失礼しますと言いつつ入ってきて、

「社長、速達が来ましたけど——」

と信二に封筒を渡した。それを見て、信二が少し眉をひそめる。

「これは——?」

「どうかしたのですか」

千条に訊かれて、信二は、

「いや……どうも、あなた方にみたいです」

と言って封筒を差し出してきた。

千条が受け取ると、その宛先には柿生不動産社長室内、伊佐俊一様、千条雅人様――と記されていた。差出人は柿生太一である。

「どういうことだろう？」

千条が封筒を開くと、その中には一枚のカードが入っていて、そこには、

『人の生命を操ることができるのはペイパーカットだけではない。インフィニティ柿生もまた、神秘を創造し、奇蹟を現出させる』

と書かれていた。

明らかにペイパーカットの予告状を模している――挑戦的で、負けず嫌いな印象の強い文面だった。

「この手紙は、いつ投函されたのだろう？　僕らがここに来ることを予測していたとして、ちょうどその時間に配達されるというのは偶然にしては出来過ぎだから、計算したとしか考えられないが――」

千条が考えているところで、伊佐が、ふん、と軽く鼻を鳴らした。

「呼んでいる――って訳だ。俺たちに自分のところに来いってな」

「え？」

「俺たちがここに来ることは予想できる。そこで請求書から居場所も知られる。それを見越しての行動だろう」

「……まあ、大筋では合っているんだろうけどね。いまひとつ細部の正確性が」

「細かいことは、本人に訊けばいい――問題の場所に行くぞ」

そう言って立ち上がりながら、伊佐は柿生信二の

方を見て、

「あんたも来るか？」

と呼びかけた。弟は少し眼を丸くしたが、やがてため息と共に言った。

「そうですね――行かないとまずいみたいですね。身内の不始末だし――わかりましたよ、案内します」

三人はビルから出て、信二は車庫から車を出してくると奥に入っていき、伊佐たちも自分たちが車を停めているところに向かう。

そこで出くわした。

「――わっ？」

曲がり角のところで伊佐たちを見て声を上げたのは、東澱奈緒瀬だった。

4

「おや、あんたか」

伊佐は奈緒瀬を見て、少し笑ったような声を出した。

「ど、どうも――」

急に会ったので、奈緒瀬は胸をどきどきさせながら、それを隠して話しかける。

「さ、最近あなた方は、インフィニティ柿生を追いかけていらっしゃるそうですね？」

「さすがにバレてるか。それであんたたちもここに来たのか？」

「まあ、そんなようなところです――ええと」

奈緒瀬が次の言葉に迷ったところで、千条が彼女の後ろにいる少年に眼を向けて、

「こちらの方はどなたですか？」

と質問してきた。

「僕ですか？　僕は種木悠兎って言いますけど――あなたたちは知らない顔ですね。マジシャンでも芸人でもない？」

悠兎は二人を見て首をひねっている。そんな彼に

千条は淡々と言う。

「ありませんね。ぼくらは調査員《オブ》です。サーカム保険に所属しています」

「いやあ、コスプレかと思って」

「いかにも、という格好は、案外本物だったりしますよ」

「なるほど。でもあなたたちって宇宙人を調べてる人みたいですよ?」

「そうかも知れませんよ」

「うお、そいつは凄いですね」

「凄いですか」

「ロマンがありますよ。そういう話は嫌いじゃないですよ」

「嫌われなくて何よりです」

……なんだか知らないが、初対面のいきなりで、二人の話が妙に嚙み合っている。伊佐が、えへんえへん、と咳払《せきばら》いして、

「……お話し中だが、種木くん? 君は東澱の関係者か?」

「いや、それは——」

と悠兎が言いかけたところで、奈緒瀬が少しあわてて割り込む。

「ま、まあそんなようなものです。親戚の知り合い、みたいな」

「奈緒瀬さん、あんたが子供をつれて仕事をするとも思えないが——」

伊佐が不審そうに悠兎を見つめると、少年はにこやかにうなずいて、

「僕は単に、マジックのアドバイスをするように頼まれただけですよ。詳しいんで。マニアなんで」

と無邪気に言った。奈緒瀬が焦りつつ、

「いや、ほんとうに普通の子なので、あんまりサーカム財団とかがマークするほどでは」

と弁解すると、伊佐は苦笑して、

「子供に手出しするほど、俺たちもアコギじゃないよ」

と言った。するとそこで悠兎が、

「いやあ、僕は中学生で、この辺の年頃って子供子供言われると、ちょっと反感持つ、みたいな風なんですけど」

と抗議してきたが、にこにこ笑っているので怒っているのかどうかわからない。これに伊佐は素っ気なく、

「中学生は子供だよ、子供」

と奈緒瀬に眼を移して、

「あんただから大丈夫だとは思うが――あまり危険なところに近寄らせるなよ」

と釘を刺してきた。奈緒瀬は真顔でうなずいて、

「はい、それはもう。充分に気をつけています。ですが、この件は危険なのですか？」

と訊き返す。伊佐も渋い顔になる。

「そうだな――その辺が確かに、なんとも言えないんだが」

するとと悠兎がさらっと、

「それ、柿生さんのショーのことだったら、確かに気をつけた方がいいかも知れませんよ」

と口を挟んできた。ぎょっとして皆が少年を見る。彼はうなずいて、

「前から注意はしてるんですがね――宙吊りトリックのワイヤーを増やした方がいいとか、水中脱出のときの箱を一回り大きくした方がいいとか。でも柿生さんはだいたい〝より危険〟な方を選びたがる傾向があって」

と軽い調子で言った。伊佐が絶句し、千条が冷静に、

「つまりそれは、君が既に我々が複数の証言者から得ている、インフィニティ柿生のマジックの発案者であるということだね？」

「そういうことだね」

「では君は、この件に関してはぼくらよりもずっと〝専門家〟ということだね」

「そうなの？　てゆーか、あなたたちは何してんで

すか」

「ははあ、東澱奈緒瀬は重要なことだけは君に説明していないか」

千条がふつうにそう言ったので、さすがに奈緒瀬は、

「ちょ、ちょっとあなた——それ言っちゃったら意味ないでしょうが！」

と大声を上げた。伊佐も横で眉間《みけん》に指を当ててうなだれる。

「——すまん」

「いやいや、平気だろう？　この少年はあまりそっちに関心がないようだ」

千条が言うと、悠兎もうなずいて、

「こちらに守秘義務があるように、そっちにも都合があるんでしょうから、立ち入ったことは訊きませんよ」

と真面目に言った。その様子を見て、奈緒瀬は、

（……なんかこいつら、気が合ってる？）

と思ってしまう。

「ところで、あなた方は柿生さんには会えたんですか？」

悠兎の言葉に、奈緒瀬もはっとなって、

「そ、そうですよ。そもそもわたくしたちだって、彼の実家に話を聞きに——」

と言いかけたところで、彼らの横に車がやってきて、ぱぱーっ、とクラクションを鳴らした。

柿生信二の乗っている車だった。

「あ、あー——そうだった。俺たちはこれから柿生太一の練習場に行くところだったんだ」

伊佐の言葉に、奈緒瀬は、

「それってどこですか？」

「えーと——」

伊佐が言おうか言うまいか迷ったところで、千条があっさりと、

「採石場跡です。よろしければ一緒に行きませんか？」

と言い出した。伊佐が彼を見ると、千条は平気な顔で、

「どうせ種木くんはもう知っているよ」

と言った。悠兎はうなずく。

「まあ、その場所を柿生さんに教えたのも僕ですし」

「でもな——」

伊佐がちら、と奈緒瀬を見る。奈緒瀬は、うーん、と眉を寄せて、

「わかりました。わたくしたちはやめておきましょう。あなた方が、柿生太一が本格的に怪しいと思ってからでも遅くないでしょう」

と引きさがるような発言をした。

「そうか——じゃあ、後でこちらからも情報を提供すると約束しよう」

伊佐はそう言うと、千条を連れて自分たちの車のところへと駆けていった。

「よろしいのですか、代表?」

後ろに控えていた奈緒瀬の部下が訊くと、彼女は小声で彼に耳打ちするように囁《ささや》く。

「もともとインフィニティ柿生自身にはさほどの関心はないのだし——伊佐さんたちがヤツに振り回されているのなら、それはそれでこっちが先手を取るチャンスでもある。おそらく彼らはまだ——」

ちら、と彼女は悠兎を見る。

「——あの予告状もどきが第三者によって入れられた可能性もあったことを知らないだろうし、ね——」

「なるほど……」

大人たちがひそひそ話しているのを眺めていた悠兎は、話が終わったところで、

「なんの相談です? 僕、もう用済みですかね」

と訊いた。これに奈緒瀬は首を振り、

「いいえ。もう少し手伝ってくれないかしら。あなたは顔が広いんでしょう? インフィニティ柿生と同じくらいか、それ以上の腕を持つマジシャンを他

にも紹介して欲しいのよ。彼と交流がある人をね」

と言った。これに悠兎は答える。

「ああ――それなら、僕とは直に交流がないんですが、近い演目をやってる人がいますよ。スイヒン素子っていう人が」

5

問題の採石場跡というのは、意外にも都心からさほど離れていないところにあった。大きな爆破なども可能なので、昔は映画の撮影などにも使われていたそうだが、最近はもっぱらバラエティ番組に使われることが多いのだというが、

「それも不景気で大規模な撮影が減ってきているそうで、こんなに長く借りてくれる客は最近珍しいんだってさ。ふつうは細かい仕様書を提出しなきゃならないんだけど、火薬を使わないっていうから、それも免除されたらしい」

千条が収集した情報を伊佐に報告する。伊佐は車を運転しながらうなずく。

「金を惜しまなければ、色々と融通《ゆうずう》が利《き》くからな。きっと柿生はそういうワガママをあちこちでやっているんだろう」

「ギリギリ許容範囲内でやるから、問題にまで発展しないんだろうね」

「おそらく、そういう挑戦的なところがサーカムに気に入られたんだろうな……常識にとらわれないところが」

林の中に延びている道を進んでいくと、やがて柵で囲《かこ》われている区域に出た。

入口のところに〝立入禁止〟の札が掛かっていて、鎖が張ってあった。

「突破できないことはないが、歩いて入るか」

伊佐がそう言うと、千条もうなずいた。

「落とし穴が掘ってあるかも知れないしね」

「まさか、と言いたいところだが、マジシャンだか

らな。やりかねないな」

伊佐たちが車から降りたので、一緒に来ていた柿生信二も外に出てきた。

「どうするんですか？」

「広い場所の、どこかにいるんだろうから——とりあえず散らばって探そう。見つけたら連絡してくれ」

伊佐の指示で、三人はそれぞれ別方向に歩いていった。

伊佐は中央部のひたすらに広いスペースに、千条は切り立った崖《がけ》のようになっている方に、そして柿生信二は柵の周りの、かつて事務所などが置かれていた近場の辺りに向かっていった。

「————」

千条の行き先が一番、異様な雰囲気である。

かつて石を切り出していた場所は、周囲を断崖で囲まれているような、自然ではあり得ない地形になっていた。

そこにクレーンやら鉄骨を組み上げたフレームなどが乱雑に並んでいる。ワイヤーの束なども置いてある。

千条はそれらの機材を一通り観察してから、ぽつりと、

「しかし、足跡を消しているのは故意だろうな」

と、見えないものについて言及する。そう、そこには多くの痕跡があるくせに、人間の名残《なごり》だけがなかった。

「作業の途中で放棄したような形になっているが、これも意図があってこのようにしていると見るべきだろう。ワイヤーは束ねたままだが、ほどいて使用しているものもあるのだろうか」

彼が独り言をぶつぶつ言っているのは、これは〝録音〟しているのである。一度でも発した言葉はすべて記憶されて、後で一言一句違《たが》わずに再生することができるのだ。

「鉄骨フレームの形状からすると、どうやら縦に配

列するものらしい。巨大な柱のようなものをいくつか並べるのだろう――以前にスイヒン素子のステージで観たものと似ているが、こちらの方が巨大なもので、より大掛かりであろうと推察される……」

千条がその辺を歩き回っていると、石切場の切り立った上の方から、じゃり、という音が響いてきた。

足音だ。

千条がすぐにそっちに視線を向けるのと、断崖の上に人影が現れるのは同時だった。

舞台衣装を着込んだインフィニティ柿生だった。

「…………」

「あなたが――」

千条が彼に呼びかけようとしたところで、いきなりその足下が破裂した。

激しい煙が舞い上がり、千条に襲いかかる。

地雷が破裂したような衝撃だったが、千条は両手で顔面をすかさずガードして、ノーダメージで切り抜ける。

いや――

「――そもそも、威力はない」

千条はいきなり地面が爆発しても、まったく動じていない。

「火薬を持ち込んでいない、ということは調査済み――これは圧搾《あっさく》空気の噴出によるもの。一点に集束《しゅうそく》されているものならばまだしも、広範囲に飛び散るものであれば、ちょっとした強風という程度にしかならない。つまり」

千条は柿生の方に、すぐに視線を戻す。

「あなたに攻撃の意図はない。これは威嚇《いかく》ですか？　だとしたら無意味ですよ」

そう話しかけるが、柿生は、

「…………」

と、やはり無言だ。

千条は特に返事をそれ以上請《こ》うこともなく、次の行動に移る。

地面を蹴って走り出し、断崖に取り付いて、そのままよじ登る。指先と爪先《つまさき》をあるかないかというほどのささやかな凹凸《おうとつ》に掛けて、蜘蛛《くも》のように這《は》い上がっていく。

ロッククライマーがその場にいたら、千条のあまりの速さと無駄のない動きに弟子入りしたくなるだろう。それほどの動作だった。

ばっ、と飛び出したその目の前に、柿生が立っている。容赦《ようしゃ》なく、そのまま飛びかかろうとする……その眼前で、また爆発する。

今度は足下ではなく、柿生と千条の間で炸裂した。

千条は一瞬だけ停止したが、しかし爆発がさっきのものと同質であると分析したところで、すぐに直進を再開し、煙の中に突っ込んでいく。

しかし、煙から外に出たところで、

「――む？」

と、その足が停まった。

今の今まで、そこに立っていたはずの柿生の姿が忽然《こつぜん》と消えていた。

*

――そして、開けた運動場のような場所にやって来た伊佐は、そこにいくつかの柱が立ち並んでいるのを発見した。

（天井のない、古代ギリシャの神殿みたいだな。リハーサル用のものだろうか）

伊佐は考えながら、柱に手を伸ばして触ってみる。かなり頑丈《がんじょう》なものだ。あちこちにフックが飛び出していて、ボルトなどが剝き出しの無骨《ぶこつ》極まるものだが、本番の時は布か何かで覆われることになるのだろう。どんなマジックに使うものなのかは当然、素人の伊佐には判別できないが、見る者が見ればタネもわかるのではないか。

（こういうものを部外者に見せてしまっていいのか

な。ヤツはなんのつもりで俺たちをここに呼び出したのか——）

伊佐がまさにそう考えた、そのときだった。

「いや、ご心配は無用だ。この程度のものを見たところで、誰にも我がイリュージョンを暴《あば》くことなど不可能だからな」

声が聞こえてきた。振り向くと、高い柱のひとつに、その頂上にその男は立っていた。

インフィニティ柿生だ。

相変わらず、気取ったポーズを崩さず、偉そうな表情で伊佐のことを見おろしている。

「——なんの用だ？」

伊佐が訊くと、柿生は少し笑って、

「そいつは訪問者が言う科白《せりふ》じゃないな。君たちがここに押し掛けてきたんだろう？」

と言った。伊佐は顔をしかめて、

「つまらん掛け合いをしに来たんじゃない。おまえの目的はなんだ？」

とストレートに訊いた。柿生は、ふふん、と軽く笑いながら、

「君は優秀かも知れないが、いまひとつゆとりに欠けるようだね、伊佐俊一くん」

煙草を一本取り出して、空中でさっと一振りすると、もう火が点いていて、口にくわえて、ぷはーっ、と盛大に煙を吐き出す。

「思うに、君は熱心ではあるが、真剣ではないんじゃないのか」

「どういう意味だ？」

「君は持てる情熱をすべてペイパーカットにぶつけている。その執念は本物ではあろうが、その成果を冷静に見ていない。相手の手のひらで弄《もてあそ》ばれているだけだ」

「おまえは違う、というのか？」

「私は効果のないことはしない主義だよ」

自信たっぷりに言う。しかし言われている伊佐の方は、特に不快そうな素振りもなく、

「おまえがどうかはわからないが、確かに俺がヤツに翻弄《ほんろう》されているのは事実だ」

と冷静に言った。

「だからそっちの計画がどんなものであれ、効果がありそうだと思ったら協力するのにやぶさかではない」

「ふむ、殊勝《しゅしょう》だな。言葉だけならな——しかし内心では、君は私のことなどまったく信じていないだろう？」

「まあな」

伊佐はこれにもあっさりと言った。

「サーカムにはおまえを調べろと言われているが、正直、やる気がしない」

この伊佐の投げやりな言葉に柿生は応じず、

「君の方法はワンパターンだ、伊佐くん」

と、指を突きつけてきた。

「標的が動いた後を追いかけているだけで、なんら主体的な行動ができていない」

「耳が痛いね」

「私ならば、ペイパーカットの活動を制限できる。ヤツが次に取るべき行動をコントロールし、その確保への道筋をつけられるだろう」

「要するに——」

伊佐はふん、と鼻を鳴らした。

「自分をヤツを引き寄せる餌にして、誘《おび》き寄せようって言うんだろう？」

「ヤツは何かを調べているような気がする、とレポートに書いたのは君だろう、伊佐くん。ならばヤツが興味を持たざるを得ない状況を作り出せれば、おのずから誘導が可能になるとは思わないかね？」

この言葉に伊佐は眉をひそめる。サーカムは、この男が関係していたのは過去の話だと言っていたが、この口振りだとどうやら最近、レポートを読む機会があったらしい。

（現在も歴然と協力者なのは間違いないな。やはりサーカムは俺たちを競わせている……）

疑念が確信に変わる。しかしだからといって、それが不愉快だということもない。当然だろうな、という他人事みたいな感覚しかない。それよりも、

「気になるな——どうにも気になる」

呟いて、柿生のことを睨むように見つめる。

「おまえのその態度が、俺にはどうにも気になるんだがな」

「私の自信がどこから来ているのか、君にはわからないということだな」

柿生の尊大な声に、伊佐はますます眉をひそめて、

「おまえ、なんか突っ張っていないか？」

と質問した。

「虚勢という訳ではないんだろうが、強引に気持ちを盛り上げているように見えるぞ。エンターテインメントなら客を興奮させるそういう態度も有効なんだろうが——今はあまり意味がないだろう」

「私はいつだってショーマンシップを忘れないのさ。そう、ライバルたる君を前にしても、興奮してもらおうというサービス精神は決して欠かさないんだよ」

「そうかな。俺にはなんだか——演じているような気がしてならないんだがな」

伊佐がそう言うと、柿生は少し口をつぐんだ。一瞬だけ、鋭い目つきで伊佐を睨み返す。

しかしすぐに笑顔に戻って、

「君の洞察力は大いに結構だが、しかしそれだけではペイパーカットの真実には辿《たど》り着けないな？」

と言うと、伊佐はうなずいた。

「それは、その通りだ。単なる現象の分析などではヤツに到達できないことに関しては、同意する。しかし——」

ため息をひとつついて、そして言う。

「——おまえはやっぱり、ペイパーカットを軽く考えている。浅く、と言ってもいいかも知れない。たかが手品の秘密程度では、きっとヤツは関心を持た

ないだろう」

「その判断が君にできるかな。私のイリュージョンを解明することもできない君に？」

「イリュージョンというのは、具体的に――」

なんだ、と伊佐が言いかけたところで柿生は大声を出してその言葉を遮った。

「私の秘術は奇蹟を生み出し、無限へと至る道だ！」

そして鉄柱の上に立ち上がった。そのまま空に飛び出す――落ちる、と思われた瞬間に、その身体はふわりと浮かび上がって、飛んでいく――伊佐が眼で追おうとしたところで、どこからともなく煙が噴き上がってきて、柿生の姿を掻き消した。

それが晴れると、もうそこには影も形もない。

「ふはははははははははははは……！」

高笑いが響いてきて、そして空の彼方《かなた》に遠ざかっていく。

伊佐は渋い顔で、目の前に舞い上がっている土《つち》埃《ぼこり》を払う。一応、周囲を見回してみて、どこかに柿生が隠れているのではないかと確認したが、その様子はないので、逃走と消失を同時にやったのだろうと思うことにする。するとそこに千条が、すごい勢いで走ってくるのが目に入る。

「伊佐、たった今ぼくのところにインフィニティ柿生が現れて、そして消えたんだが――」

その言葉が終わるか終わらないかのうちに、伊佐の携帯電話が着信した。出ると、それはさっき別れた柿生弟からで、

『ああ伊佐さん、たった今、兄がこっちに来まして、私に〝もうこの件には関わるな〟って言って消えてしまって――』

と言ってきた。

伊佐がますます渋い顔になったところで、千条が傍《かたわ》らに到着する。

「どうかしたのかい？」

その問いに、伊佐はかなり投げやりに言う。

「いや――どうやら柿生太一は今、同時に三箇所に現れて、そして消えたようだぞ」

千条がその言葉の意味を数秒考え込んで、それからストレートに、

「それは物理的にあり得ないと思うけど」

と言った。

CUT 4.

夢のためにと傷つけあうくせに
果ての未来に待つものは知らず

——みなもと雫〈イカロスの空の下で〉

1

奈緒瀬は種木悠兎を伴って、スイヒン素子のところへと向かった。

「空中浮遊?」

「ええ。スイヒンさんと柿生さんの共通するマジックはそれです」

「それってワイヤーで吊ってるヤツ?」

「そうです」

悠兎は実にあっさりとトリックを明かしてから、

「ああ、でも本人の前ではあんまりそういうことは言わない方がいいです。ケンカ売ってるのかって思われますよ」

「そりゃそうでしょうね——ていうか、あなたはどうなのよ?」

「僕ですか」

「あなたさあ、そんな風にトリックをぽんぽんバラしてて、なんでマジシャンから好かれてるの? その真心が伝わってるんじゃないですかね」

「僕は皆さんを尊敬していますから、その真心が伝わってるんじゃないですかね」

「……子供のくせに、歯の浮くような白々《しらじら》しいことを平気で言うわね」

「子供だから、大目に見てもらえるんですよ」

「——計算高いのか、開けっぴろげなのか……でも不思議と嫌らしくないのよね、これが」

奈緒瀬はため息をついた。するとそこで悠兎が、

「ところで、あのお二方とはどういう関係なんですか?」

と質問してきた。奈緒瀬は、うーん、と唸《うな》って、

「なんていうのか、一言では言えないわね。一応ライバルだって、わたくしは思っているけど」

「あれ、そうですか?」

悠兎は意外そうな顔になった。そして車を運転している奈緒瀬の部下に向かって、

「なんか仲良しに見えましたけど? ねえ?」

と同意を求めると、部下は思わず、ぷっ、と噴き出した。奈緒瀬はバックミラー越しに部下を睨んでから、

「……彼らに負けるつもりはないわ。確かに今は向こうの方が一歩先を行っているから、後を追っているような形になっているけど、でも」

「いや、そうじゃなくて」

悠兎は途中で口を挟んできた。

「奈緒瀬さんは、あのサングラスの人を手伝いたいんじゃないかな、って思ったんですが」

「……は？」

「あっちの背の高い方は、まあ、どーでもいいんでしょうが、サングラスの方には、ちょっと気を張っているというか、きちんとしてなきゃ、って思ってるんじゃないか、って。邪魔しそうだな、って思ったらもう身を引いちゃう、みたいな」

「……な、ななな――」

奈緒瀬の顔が、赤くなったり青くなったりする。

「な、なな、何を言ってるのよ、あなたは！」

怒鳴られても、悠兎はけろりとした顔で、

「あなた方が何をしているのかは、今ひとつわかんないんですけどねー、なんつーか、あのサングラスさんと話しているときの奈緒瀬さんて隙だらけだなあ、と思って。その証拠に、ほら」

と彼が奈緒瀬の肩を指差す。奈緒瀬がそっちに視線を向けると、いきなりそこから花が咲いた。

「――わっ⁉」

奈緒瀬が座席の上で身を仰《の》け反《ぞ》らせると、シートベルトがその身体を元に戻す。ばよんばよん、と弾《はず》んでしまう。

「な、ななな――」

「背中に前もって仕込んでいたんですよ。ふつう気づきますけど、ほら、サングラスさんと別れて、あなたが彼の後ろ姿を見送っているときだったんで、まあいくらでも」

と言いながら、悠兎が手をちょいと引くと、紐で

つながっていた造花の仕掛けがぽんと取れて、その手の中に戻った。もみもみ、と手をこね回して開くと、もうそこには何もない。

「ううう……」

奈緒瀬は肩を何度もさすって、その驚きを掻き消そうとする。それからふと気づいて、運転している部下を睨んで、

「……ちょっと、あなたは仕掛けるときに見ていたんじゃないの？」

と怒りながら言うと、部下は少しバツが悪そうな顔をしたが、すぐに真顔で、

「すみません代表。ですが、害がないことは確認していましたので」

「つまりは共犯者で、サクラってことじゃないの……まったく」

「マジックの基本ですよ、基本。誰を驚かすかしっかり設定しておくのが大切なんです」

悠兎がしたり顔で言う。奈緒瀬は少し悔《くや》しかったが、

「……まあ、君が優秀だということはよくわかったわ。頼りにするから、もう少し手伝ってもらうわよ」

そっちの方が今は重要だった。すると悠兎は姿勢を正して、真面目な表情になり、

「それなんですが、最初に断っておきますが、僕が手伝ったところであなた方が知り得た手品のトリックに関しては、基本的に公表しないって約束して欲しいんですよね」

「誓約書でもなんでも書いてあげるし、訴訟になったら、ウチの弁護士を貸してあげるわよ。安心しなさい」

「示談《じだん》の方が面倒がなくて良いですよ」

さらりと言うので、奈緒瀬はちょっと気になって、

「もしかして、何度か裁判になってるの？」

と訊いてみると、悠兎は、

「僕自身はありませんけどね、柿生さんは結構あるんですよ。トリックを盗用したとか色々と。で、僕が訴えられた人の方に別のトリックを提供することで話を付けたりね」

と軽い口調で言う。奈緒瀬は思わず、この屈託のない少年をまじまじと見つめてしまう。

「……それはお金をもらって？」

「いや、サービスです。でないと向こうだって感情的になってるから、金なんか出せませんよ」

「君はどうなのよ？　ただ働きってことになるんじゃ——」

「僕はみんなに笑っていて欲しいんですよ」

真顔でそう言う。奈緒瀬は次の言葉に困って、少し絶句した。

そんなことを話している間にも、車はスイヒン素子が練習のために借りているというスタジオに到着した。彼女は今、ここで次のステージのための準備をしているという。入口の前には、先行して待っていた奈緒瀬の部下たちもいる。彼らと合流して、奈緒瀬はスタジオの玄関をくぐった。

さまざまな劇団や芸人などが入り混じって稽古《けいこ》しているらしく、周辺はざわざわとしている。

「探ってみたら、スイヒン素子氏の次の仕事というのは、どうもインフィニティ柿生氏とのコラボレーションのようです。まだ内密の企画でプロデューサーが裏でこっそりと依頼をしたという話を摑みました。似たような演目ができる人ということで」

部下の報告を聞いて、奈緒瀬はうなずいた。

「やっぱり種木くんの分析は正しかったようね。こっちから回っても、ちゃんと辿り着きそうだわ。彼女はひとり？」

「スタジオの予約では使用者は二人です。アシスタントがいるのでしょう」

「それは男？　女？」

「未確認です。先に何者か確かめますか」

「いや、いいわ。直に会った方が早い」

「僕が彼女の名前を出したっていうのは、できたら黙っていて欲しいんですがね」

「別に問題はないと思うけど、そう言うならそうするわ。その代わり、しっかりとスイヒン素子の様子を観察して、おかしなところがあるならチェックしておいてね」

「基本、マジシャンは全部おかしいんで、なかなか難しい話ではありますけどね——」

彼らはスタジオの扉の前まで来て、そこに設置されている呼び出し用のインターホンのボタンを押した。

しばらく反応がなかったが、やがて、

〝はい、なに？〟

と応答が返ってきた。奈緒瀬が口を寄せて、

「電話を差し上げたものです。興行のことで少しお話が」

〝ああ——そう、ちょっと待ってね〟

ふてくされたような声の後で、扉のロックを解く音がした。ドアが開いて中から出てきたのは、すっぴんでジャージ姿というスイヒン素子だった。彼女は奈緒瀬の、一目で金が掛かっていることがわかる姿と、その後ろに並んでいる強面《こわもて》の男たちを見て、ぎょっとした顔になる。

「な、なんなの？」

「大した用件ではありません。二、三確認したいことがあるだけです」

「えーと……」

素子はきょろきょろと視線を巡らせて、そして種木悠兎の存在に気がつく。

「あれ……あんた、どこかで見たような——」

2

「——そうだ、トリート先生じゃないの？」

素子はその顔を知り合いに見せてもらったことがあった。記念写真でみんなが並んでいる中に写って

いたのだ。

「まあ、そんな風にも呼ばれてますけどね」

「やだ、本物？　いや贋物がいるわけないか。うわ、ほんとに中学生なのね？」

　彼女は興奮してしまって、思わず少年に詰め寄る。悠兎は慣れた調子で、まあまあ、と制する。

「あの、もしかして先生、私のマジックとか見たことあります？」

「はい、もちろんですよ。素晴らしいですよね」

「ええええ！　感激です！」

　素子は悠兎の手を両手で握りしめて、ぶんぶんと振った。

「あの先生、ぜひとも相談したいことがあるんですけど——」

　彼女がすっかり舞い上がってしまっているところに横から、

「あの、申し訳ないんだけど、話はこっちの方が先だから」

と東澱奈緒瀬が口を挟んできた。

「あ、あー、はい」

　素子は我に返って、彼女の方に向き直る。

「もしかしてあなた方は、先生のマネージャーですか？」

「いや、そういうことではなくて」

　奈緒瀬は、一枚の書類を取り出した。

「私たちは、インフィニティ柿生さんがかねてより違法な行為をしているのではないかということで、調査をしているのです。これがその疑いのある演目のリストです」

「え？　動物虐待の疑いあり、ですって？」

　渡されたリストを見て、素子は目を丸くした。

「所持を禁じられている薬品を客席に撒《ま》いた可能性も——ええ？」

「素子さん、あなたはこの前、柿生氏が主催していたショーに参加されていましたね？　そこで何か、怪しいものはありませんでしたか？」

この書類は奈緒瀬が身内のマジシャンに協力してもらってでっち上げたものだ。しかしそういった疑いがあること自体は事実であるという。今まで証拠がないだけだ。

「いや、そう言われても――でも、この前のショーでは動物とか使う予定はなかったと思うけど……」

ちら、と悠兎の方を見ると、彼はうなずいて、

「なければ、ないでいいんですよ、もちろん」

とフォローしてくれたので、素子は少し冷静になって、

「ああ、そうか。そうですね――」

と言いかけたところで、彼女の後ろから、

「柿生氏は、この前の時点ではそんな迂闊《うかつ》なことはしていないよ」

という、奇妙に静かな声が聞こえてきた。

皆がそっちの方を見ると、そこには壁際に背をあずけて床にぺたりと座っている人影があった。

全身をマントでくるんでいて、そしてその顔には、カーニバルで被《かぶ》る舞踏用の仮面をかざしている。

「…………」

皆が絶句していると、その仮面の人物はさらに、

「そうだろう？　柿生氏は今まさに、これから勝負を掛けようとしているところだ……そこで足下を掬《すく》われるような、ささいな法律違反などをあえて犯しているはずがない。彼がやったとしたら、名を売るためになりふり構わなかった頃の、もっと昔のことだ……違うかな」

と穏やかな口調で続けた。仮面を顔の前に掲《かか》げたままで。

「えーと……？」

奈緒瀬が首を傾げる。

「あなた、その――なんで仮面をしているの？」

「私が顔を見せていいのか、それを決められるのが自分ではないからだよ」

「……は？」

「それを決めるのは、そこの素子さんだ」

言われて、素子ははっと我に返って、

「あ、あー……そうそう！　この人のことは、ちょっと今、内緒にしていて、だから」

「内緒にする、って——その人が助手ですか？」

「うん、助手なんだけど、これはその」

素子が焦って弁解していると、横から悠兎が、

「なにかトリックに関わることなんですか」

と訊いてきたので、素子はそれに飛びつく。

「そ、そうそう！　そうなんです！　今、この人の姿を他の人には見せられないというか、なんというか」

「はあ？」

奈緒瀬は理解できず、さらに男と素子を交互に見やる。そんな彼女に、男は、

「この仮面が素子さんの所有物である以上、それを被っているときの私は、あなたにとって意味のない存在にしかならないよ」

と意味不明のことを言ってきた。訳がわからない。声も仮面越しなのでこもっていて、イマイチ判別が付きにくいし。

「——マジシャンのことはよくわかりませんが、とにかく」

奈緒瀬は咳払いして、感じつつある苛立ちを誤魔化す。

「あなたには今後、わたくしどもに協力していただきたい。あなたはこれから、柿生氏と共同で何かイベントをやられるのでしょう？」

「ど、どうしてそれを？」

「プロデューサーの方から伺いました」

「あの野郎——企画はまだ内密にしてるって言ったのに」

素子がぶつぶつ文句を言っているのを無視して、さらに奈緒瀬は強い口調で、

「今後、あなたが柿生氏と行動を共にするにあたって、彼が何らかの強引すぎる方法を採ろうとしたと

きは、危険ですのでその場で止めるのではなく、わたくしどもの方にまず連絡していただきたいのです」

と連絡先を記した名刺を渡す。東澱総合警備保障、という物々しい社名に素子は少しビビりながら、

「いやあの、それなんですけど——私、まだ柿生と正式にやるかどうか決まっていなくて。オーディションみたいなのに勝ち抜けって言われてて」

と告白した。

「それは難しいのですか？」

「いや、難しいって訳じゃないけど、でも」

もごもご言っていると、奈緒瀬は練習場を見回して、その狭さと置かれている道具の傷み具合等を確認してから、

「もしかして、資金が足りないのですか」

ズバリと言った。素子はこれにはさすがにちょっと腹が立って、

「いや、腕には自信があるから、できないとは言わないし。他にどんなのがいるかなって、ちょっと不安があるくらいで」

と弁解すると、奈緒瀬は、

「ふむ——ではわたくしどもで支援しますから、確実にそのオーディションとやらを突破する用意を整えてください」

と実に簡単な口調で言った。

「——は？」

「種木くん、彼女を手伝ってあげることはできるわよね？」

「うーん、オーディションってことになると、彼女にだけ協力していいのか迷うところですけど、まあ、アドバイス程度なら」

「へ——」

素子は一瞬ぼんやりとしてしまったが、すぐにこれが願ったり叶《かな》ったりの話であることに気づいた。

〈何これ——なんか、あまりにも都合よすぎない？

今まで全然ツイてなかったのに、急にラッキーばっかり転がり込んできてない？）

ばっ、と仮面を着けた飴屋の方を向くと、彼は〝好きにするといいよ〟という調子でうなずいてみせた。

（いいのかな——いいのよね……でも、なんだろう——）

自分で道を選んでいるはずなのに、どこかに流されているような、とんでもないところに導かれているような、そんな感覚が消えないのだった。

＊

「——で、なんであの助手は顔を隠してたの？」

帰りの車中で、奈緒瀬は悠兎に訊ねた。

「そうですね、まず考えられるのは、あの人を〝入れ替わり〟に使うとかですかね」

「ていうと？」

「瞬間転移とか、壁抜けとか、そういうのって大抵は、別の人間に入れ替わっているんですよ。一人の人間があっちからこっちに行ったように見せかけるんです」

「でも、男だったけど——」

「どうせ声はスピーカーで別のところから出ていますから、喋る必要はないです」

「ははあ、なるほど。じゃあ背丈が同じで、顔立ちが似てる程度で良いのかな。メイクとかもするんだろうし」

「ただ、これは舞台のマジック限定です。テレビとかだと、よっぽど遠くから撮っていないと、すぐにバレます」

「あら、じゃあ今回は違うんじゃないの」

「そうですね」

「君にもわからないことがあるの？」

「いやあ基本、僕なんかは全然ですから」

「そうかしら——さっきのスイヒンて人も、なんか初めて会ったのにやたらと尊敬してなかった?」

「無責任な噂が広まっててんでしょうね」

「………」

少年はあくまでも飄々《ひょうひょう》として、自慢めいた態度をまるで表に出さない。そのくせ謙虚な印象もないという――。

「……思ったんだけど、君の綽名《あだな》、トリート先生って」

「変な名前ですよねえ。ドリトル先生にかけてるんですかね」

「いや、そこじゃなくて……要はそれって、あのハロウィンの〝トリック・オア・トリート〟から来てるんでしょ。お菓子をくれなきゃ悪戯するぞ、っていうアレ。つまり君は、お菓子の方、施《ほどこ》しをするってことでしょ」

「僕自身は甘いものが苦手なんですけどね」

「……君はマジシャンの間で、子供にお菓子をあげるみたいに気前よく施しをしてくれる人ってことになってるのね。しかも自分ではやらないから、ライバルにもなりようがないっていう。そりゃ誰でも君に好意を持つ訳よね。でもさ」

奈緒瀬はちょっと身を乗り出して、少年に迫る。

「君自身は何が楽しいわけ? どうなりたいの? 将来の夢は何?」

「どうしたんですか、急に?」

「いや――」

訊かれて、奈緒瀬自身もどうして自分がそんなことを気にするのか、よくわからなかった。ただ、この少年の心の中の基準が、ふつうの人間とは明らかに違うということに、かすかな不安を覚えたのだった。

(別にこの子が気にくわないとか、気味が悪いとか、そういうんじゃなくて――)

奈緒瀬は気づいていない。その不安がどこから来ているのか。

それはマジシャンであるスイヒン素子が、種木悠兎の来訪に過剰なまでに反応したのに、その助手という男の方はまったく驚く素振りもなく、この少年に一言も話しかけなかったからだった。

まるで、来ることは事前にわかっていた、とでもいうかのように落ち着き払っていて、そして奈緒瀬には〝意味がない〟とか言っていたのに、あの男はこの少年に対しては、何も言ってこなかったのだった。

様子をうかがって、その価値を見定めようとしている――そんな風にも見えたのだった。

3

採石場跡には重苦しい沈黙が落ちていた。

柿生信二は「仕事があるので」と帰ってしまったのに、その場所にはまだ三人の男たちがいた。

「――――」

伊佐はずっと憮然《ぶぜん》とした顔で、腕を組んでいる。

千条は相変わらずの無表情で、ぼーっと突っ立っている。

そしてその彼らを意に介さずに、小さい人影がのろのろと動いている。

老人だった。とても背が低く、皺《しわ》くちゃの顔をしている。インド系の顔立ちで、眼がとても大きい。小さな老眼鏡を掛けているので、眼球がはみ出して見えそうだった。

「むむむ、むむ……」

彼は口元をもぐもぐさせながら、インフィニティ柿生が設置したマジックのセットを見回っている。

特に手を触れるでもなく、ずっと周りをぐるぐる回っている。

「むんむむむ、むんむ……」

もう三十分以上も、ずっと回っている。足取りはとても遅いので、十周もしていないが。

伊佐が少し苛ついて、

「あのう、鑑定人さん――俺たちはまだここにいなきゃならないのか？」

と訊いた。すると老人は彼の方を向いて、

「……なんじゃって？」

と訊き返してきた。千条がすかさず、

「ウーダン鑑定人、ぼくたちはこの場に留まる必要があるのですか？」

と言葉を足した。

このウーダンという老人の本名はとても長いので、この国ではもっぱら略されて呼ばれている。所属はサーカム財団本部で、保険部門とは少し離れた立場にあるのは、会社の不始末も鑑定することがあるからだ。

かなりの大物であり、伊佐は本部に軽く報告を入れたときには、調査に来る者がいると聞いてもちょっとした写真撮影程度で終わると思っていたので、この老人が来たときには意表を突かれた。しかも彼を乗せてきた車の運転手たちは調査には加わらず、車に乗ったまま待機しているだけでこっちに来もしない。

「……むーん、むむん」

ウーダン老人は唸りなのか呟きなのか、今ひとつ判別の付きにくい声を発しながら、伊佐を手招きした。

千条も一緒に来ようとしたら、こっちには首を振る。伊佐だけが来いということらしい。

「はい、なんです？」

伊佐が老人の側まで寄ると、

「……どこで見た？」

と訊かれた。その声自体は明瞭で、よく通る声である。

「ええと、あの辺だが」

と指差すと、老人はそっちからはそっぽを向いて、全然関係ないと思われる方へと歩いていってしまう。なんなんだ、と伊佐が思っていると、ウーダンはまた伊佐を手招きする。仕方ないのでまた近くに行く。すると老人は、

「君が柿生を見た場所が、ここから見えるか」

と訊いてきたので、伊佐はそっちの方を向いたが、

「……いや、あの柱の陰に隠れて見えなくなった」

「むんむむむ……」

老人はまた唸って、歩いていく。その方角を見て、伊佐ははっと気づく。

「そうか……柱の死角に入って、こっちの方角へ逃げたんだな？」

振り向いて、元いた場所に駆け戻って、そのことを確認する。

「するとやはり、あれはマジックだったのか……しかしどうやって空を飛んでいるように見せかけられたんだろうな。柱の上を飛んでいたから、ワイヤーで吊っていた訳でもないだろうし――」

伊佐が考え込んでいると、ウーダン老人が戻ってきた。そしてぼそりと言う。

「〈ウイング・オブ・イカロス〉だな」

具体名がいきなり出てきたので、伊佐は少し面食らった。

「なんです、そいつは？」

と伊佐が質問すると、これに応えたのはいつの間にか近くまで接近していた千条だった。

「極めて古いマジックだよ。まだ手品師が、降霊術師もかねていて、舞台上に幽霊を呼び出して見せたりした時代の仕掛け――そのバリエーションと考えるべきだ、とウーダン鑑定人は言っているのだろう」

彼のメモリーチップには今、過去の様々なマジックについてのデータが入っている。検索すれば、古今東西の情報がすぐに出てくる。

「そんなものがあるのか？」

「正確には、ない」

「――は？」

「何故なら、成功しなかったからだよ。仕掛けが失敗して、二度と誰もやらなかったから、そういうマ

ジックが存在したことは過去に一度もない。少なくとも記録にはない」

「ああ、なるほど——」

伊佐は納得しかけて、それから変だなと思った。

「——待て、そんな大昔のトリックを持ち出して、そして成功させたのだとしたら。そんな重大なものを最初に、俺ごときに見せるか?」

「君が気づかなかっただけで、まだ完全に成功はしていないのかも知れない。予行演習、という可能性もある」

「まあ、俺は眼も弱いし」

「同時に三箇所に現れる、というのは、記録されているオリジナルにないし、不明点はとても多そうだよ」

「複合的に仕掛けをしていると見るべきか……しかし結局は、手品のトリックではあるんだろうな」

伊佐が呟くと、ウーダン老人が、

「それが君の見解かね、ペイパーカット・ハンター」

と言った。伊佐が眉をひそめると、ウーダンは続けて、

「インプレッションの話でよい。柿生に特別なサムシングがあるとは、君は思わぬのだな?」

と訊いてきた。外国人なので、英語が混じると妙に発音がいい。これに伊佐はうなずく。

「まあな……柿生太一と話しているときも、正直、底知れない畏怖《いふ》みたいなものは感じなかった。なんというか……」

伊佐は少し口ごもったが、結局正直に、感じていることを言った。

「……しょせんは人間、という感じがする」

「むむん」

ウーダンは唸りながらうなずいた。

「ではあなたの見解はどうです、鑑定人」

千条が訊くと、老人は口を〝へ〟の字に閉ざして、

「……むむむむ、むんむむ」

とさらに唸った。十秒ぐらい経って、

「やはりここは、柿生のプランにあえて乗ってみるしか方法はあるまいよ」

と言った。伊佐は肩をすくめて、

「やっぱりそれは、俺たちがやるのか？」

「他に適任者はおらぬ」

「具体的にはどういうことです。追跡の続行ですか？」

千条の問いに、ウーダンは首を横に振って、

「もはやヤツを捕らえたところで意味はない。ヤツがペイパーカットに迫ろうとしているのならば、それに付き合うべきだからだ」

と言った。

「つまり？」

「ヤツがサポートメンバーのオーディションを行うという情報が、すでに我等の下には届いておる。それに乗るのだ」

「……その様子を見張るのか？」

「参加するのだ。マジシャンとして、君たちのどちらかが」

ウーダンの言葉に、伊佐は眼を剝いた。

「──なんだって？」

「そもそも、儂《わし》が来たのはそのレクチャーのためだ。儂もまたかつてはマジシャンとして活動していたのだから」

「レクチャー、って──そいつは」

伊佐が呻いていると、千条が静かに、

「つまり、ぼくにレクチャーするということですね。伊佐よりもぼくの方が、どう考えても動作の正確性や集中力があって優秀だからね。手先の器用さも比較にならないし」

と言った。言葉だけなら完全な自慢なのだが、当然そんな響きはまるでない。

「イグザクトリー──その通りだ」

ウーダン老人は重々しくうなずいた。

「ロボット探偵を、今回だけロボット奇術師に仕込み直すことにする。よいな？」

と問われたが、伊佐はなんと応えてよいかわからず、

「……好きにしてくれ」

と肩をすくめるだけだった。

4

プロデューサー臼田淳のところに電話が掛かってきた。

「はいどうも、臼田です」

〝どうも、インフィニティ柿生です〟

マジシャンの声はいつも、かすかに笑っているように聞こえる。

「はいはい柿生さん。お話の通りに進めていますよ」

〝アシスタントにスイヒン素子を誘って、その後でオーディションで選考すると言ったのですね？〟

「抜かりはありませんよ。とにかく一度はあんただけ、みたいに言っておきましたから。あの女、二度目の連絡の時はやたらに腹を立ててましたよ。ははは」

臼田は陽気に笑った。後ろめたい気持ちなどまったくない。

〝結構です。それでいい――〟

「あんたが言っていたように、全部私の考えということにしときましたけど？　それでいいんでしょう？」

〝ええ。スイヒン素子は少し怒らせた方がいいパフォーマンスをするので――それに期待外れだったときに、その方が切りやすい〟

「でも、オーディションは本気でやるんでしょ？　もっといいのが来たら、そっちに替えるんですか？」

〝むろん、そのつもりですよ〟

「いっそのこと、いい奴らが集まったら、それで別のショーをやるって手もありますね」

〝その辺の判断はご自由にどうぞ。とにかく私は本番ができればいいし〟

「段取りの方は任せてくださいよ。うまいことやりますから」

〝すべては予定通りで、変更はないので、万事このまま進めてください。プロモーション用の映像はもうそちらに届いてますね？〟

「はいはい、テレビ局の連中に見せたら、食いつきがとてもいいですよ。しっかし派手ですなあ。空を飛んでいるのは吊っているんですか？　でも上にクレーンみたいなものは見えませんし」

〝まあ、その辺は企業秘密ですから〟

「ははは、そりゃそうだ。違約金を払いたくないから、私はトリックの方は聞かないことにしますよ」

　問題が起きたとき自分に責任が及ばないように、臼田は巧みに計算している。

「それでオーディションの会場ですが――あの湾岸の空き地でいいんですよね？」

〝そうです。広い方がいい――今回のマジックはスケール感が必要です。腕がよくても室内でちまちまやるしか能のないマジシャンは向いていない。そいつらをふるい落とすのには野外の方がいいんです〟

「雨が降らなきゃ良いですがね」

〝そのときはそのときで、対応できるヤツを選べますよ〟

「まあその辺の判断はお任せしますよ。オーディションを撮影しても良いんですよね？」

〝それはかまいませんが、交換条件というわけではないのですが――審査員席に私は座らず、陰から見ているという体裁《ていさい》にしてもらいたいですね〟

「ああ、演出的に？」

〝そんなようなものです。もちろん様子は見ていて、音声で指示はそちらに出します〟

「大丈夫だと思いますよ。他の審査員はディレクターとかプロデューサーの方で良いんですよね？　タレントとか入れてもいいですか？」

〝オーディション参加者がサクラを仕込めなければなんでもいいですよ。今回は、そういうのは認めない方向でいきますので〟

「でも、それを完全に証明するのは面倒では？」

〝すぐにバレずにやりきれるヤツならば、それはそれで認めてやりますよ。そんな度胸のあるヤツがいればの話ですがね〟

「ほほう、なるほどねえ。そういうもんですか」

〝あなたも審査に参加しますか？〟

「同席はしますが、私は採点はしませんよ。決めるのは皆さんでやっていただきたい。スイヒン素子に先に声を掛けていることですし、余計な詮索《せんさく》はされたくない」

あくまでも臼田は慎重である。そのことに柿生は取り立てて反応するでもなく、

〝では、よろしく〟

と言って通話を終えた。

「…………」

電話を切って、車の運転席に座っているインフィニティ柿生は手元を見おろす。

そこには一枚の紙切れがあった。そこに書かれている文章は、

〝これを見た者の、生命と同じだけの価値あるものを盗む〟

というものである。その紙切れを柿生は、睨んでいるような、眩しいものを見ているような、細めた眼で見つめている。

車は路肩に停められている。場所は街を見下ろせる山道の途上である。

人々がふつうに生活している街並みが一望できる。

そこに暮らしている者たちは、自分たちの世界に奇怪極まる異物が紛れ込んでいると考えたこともないだろう。

（そう、俺もそうだった——）

ペイパーカットなどというものがこの世に存在していることは、実際にその影響を受けてからでないと、信じるどころか想像することさえ難しいだろう。しかし直接にその被害を受けたものにとっては、もはやそれは永遠に失われ、何一つ取り返すことができないものでもあるのだ。

憶えていられるのは、その周囲にいるものだけ——それは喩《たと》えるならば、事故映像を観ることに似ている。事故に遭ったものは、自分ではそのときに起こったことを憶えてはいられない。後からそれを眺めるものだけが状況を理解できるのだ。

（そして自分自身がそんな事故に巻き込まれることなど、ほとんどの人間にとっては現実感のない話でもある——遭ってみなければ、想像することも難しい……）

だが人が生きているということは、そのまま生命と同じだけの価値のあるものを抱えているということになる。ペイパーカットが存在しているということは、そういうことなのだ。どんなにつまらない人生だと思えるような生活をしている者でも、どん底の絶望しか見えない借金まみれの貧乏人であっても、ペイパーカットの前では世界一の大富豪と同じ——たったひとつのキャビネッセンスを持っているだけの存在に過ぎないのだ。

ヤツに奪われるまで、それがそんなに重要であることを誰も知らない——知ったときには手遅れになる。

無意味の極み——ではいったい、人はなんのために色々なものを手に入れようと努力しているのだろうか？

ペイパーカットの目的はなんなのだろう？

ごくわずかな、その存在を知っている者たちに対して〝おまえたちの人生などちっぽけな価値しかないのだ〟と思い知らせたいのだろうか？

それこそ、なんのためにそんなことを？

「………」

柿生は手にしている予告状をひらひらとかざす。それはどこにでもあるような、ありふれた紙切れにしか見えない。そこに書かれている文字のインクも、そこら辺の殴り書きのメモと変わらない。

「………」

奥歯をギリギリと嚙み締めて、手を二、三度上下に振る。するとその手から紙切れは消える。

しかしすぐに自分の袖口に手をやって、そこに隠した紙切れを取り出す。見せる者がいないときにやるマジックはなんの意味もない。それでもついそれをやってしまった自分に対して嫌悪感を覚えたらしい柿生は、苦い表情になって、その紙切れを特製のカードケースに収めると、慎重に懐《ふところ》にしまい込んだ。

そして車のアクセルを踏み込んで発進し、ふたたび雑踏の中に紛れるべく街の方へと戻っていく。

＊

「――おや、あの娘は……」

車を運転していた部下がそう呟いて車のスピードを緩《ゆる》めたので、奈緒瀬は、

「どうかしたの？」

と訊ねると、彼は、

「あそこにいる少女は、種木くんと一緒にいた娘じゃないですか」

と、奈緒瀬の横に座っている後部席の悠兎に言った。彼らはスイヒン素子との面会も終えて、悠兎を自宅まで送ろうとしている途中である。

「ああ、ほんとだ。みっちゃんだ」

悠兎は窓の外を見て、そして、

「停めてください」

と頼んだ。言われるまでもなく、部下はすでにハンドルを切っている。スムーズな操縦で少女の横へとつけた。

「わっ、な、なに？」

みっちゃんは窓が不透明になっている大型車が寄ってきたので、びっくりして身を引いたところで、窓が開いて悠兎が顔を出したので、ホッとした顔になる。

「あああ！　もう！」

「どうしたの、こんな遅くまでふらふらと」

「い、いやちょっと、あんたがまだ帰っていないって聞いて、それでなんかその、気になって」

「なんだ、それなら電話かメールをくれればよかったのに」

「そ、それほど気にしてたわけじゃないから……いいでしょ」

「奈緒瀬さん、僕はもうここでいいですから。彼女を家まで送ってくれますか？」

「ええ。かまわないわよ」

「え、えと――いやそんな」

みっちゃんは恐縮したが、目の前でドアが勝手に開いたので、逆《さか》らうこともできずに悠兎と入れ替わりで車に乗った。

「それじゃみっちゃん、また明日学校で」

「あ、学校には来るのね？」

「当たり前だよ。では奈緒瀬さんも、また」

「ええ。これからもよろしくお願いね」

奈緒瀬が指示すると、車は再び発進した。

悠兎が手を振っている姿が、どんどん遠くなっていく。

「あなたの住所は？」

「え、えと――」

みっちゃんが住所を言っただけで、車はそっちの方に向かう。道順を教えてもらわなくても、運転している男は既に近道を知っているのだった。彼は奈緒瀬が行動しようとする場所のことは基本、前もってすべてのルートをチェックしておくのが習慣になっている。

みっちゃんは少しもじもじしていたが、やがて思い切ったように、

「あの——変なこと訊くようですけど、お姉さんたちは、その——なんか特殊な機関の人とかですか？」

「——は？」

「タネくんのことを調べたいんですか？」

それは妙に思い詰めたような声だったので、奈緒瀬は少しおかしくなって、ぷっと噴き出してしまった。

「——ああ、ごめんなさい。面白いことというのね、あなた」

「……違うんですか？」

「どういう意味で言っているのかは知らないけど、わたくしたちはふつうの警備会社の者よ。種木くんには他のマジシャンのことで助言をもらっているだけで、彼自身のことには関心はないわ」

「ほんとに？」

「ええ。本当です」

奈緒瀬は少女が真面目なので、真面目に答えてあげた。しばらくみっちゃんは奈緒瀬を見つめていたが、やがて、ふーっ、と息を吐いた。

「……変な娘だって思ってるでしょうね。でも、気になっちゃって」

「あなたは何か心配なことがあるの？」

「あの、お姉さん——タネくんの手品、どう思います？」

「とても上手よね。他人がやっているのもすぐに見抜いちゃうし」

「天才、ですよね」

「そうね。プロの人たちからもすごく尊敬されてるわね」

「——おかしいと思いませんか？」

「は？」

「だって——子供ですよ？　そんなにマジックがうまいはずがないって思いませんか？」

「いや、そう言われても——」

と言い返したものの、実のところ奈緒瀬も同じようなことは内心思っている。みっちゃんはさらに真剣な顔で、

「タネくん、すぐにトリックをばらしちゃいますよね」

「う、うん」

「あれもなんか不自然だと思いませんか？」

「うーん……」

「もしかして……もしかしてですよ、タネくんがなんであんなに、簡単にトリックをばらすのは、そうすれば〝疑われないから〟とは思いませんか？」

「ええと、何を疑うのかしら？」

「だから——」

言いかけて、少女は口ごもった。それを言うことがとても奇妙なことだと自覚している感じだった。

その眼を見て、奈緒瀬も心の中に不安が湧き上がってくるのを感じる。

「だから——その、タネくんが、あの……その、ほんとうに」

「ほんとうに、奇蹟を起こしている……トリックじゃなくて、彼には特殊な超能力がある——そう言いたいの？」

奈緒瀬の言葉に、みっちゃんはぎょっとした顔になる。

「そ——そうです。手品なんかじゃない。実はほんとうに……」

少女はとても思い詰めた、真剣な表情をしている。奈緒瀬はとっさに、

「でも彼が言っているように、彼の行動には全部トリックがあるのよ。それを超えてまで彼が何かをしたことはないでしょう？」

と言っていた。実のところ、それほどあの少年のことを詳しく知っているわけではないが、この少女

にはそう言わなければならない、と感じていた。

「そ、それは……そうなんですけど。でもトリックをみんなに教えても、実際には誰もその後で同じことをしようとしないから、結局は証明されないいんですよ?」

「プロのマジシャンにはできているみたいよ。だから彼のトリックをみんなが買いたがるんだから」

奈緒瀬は反論を封じるような説得口調になっている。それを自覚している。

「うーん……」

みっちゃんは言い返せずに、うつむいてしまう。信じてもらえないのか、という気持ちと、自分でも半信半疑《はんしんはんぎ》なのでやや安堵《あんど》している想いの間で揺れ動いているようだ。

「あなたは種木くんが心配なのね」

奈緒瀬は優しい口調で言った。みっちゃんは素直に、こくん、とうなずいた。

「小学生の頃に私、転校してきて、クラスのみんなに溶け込めなかったときに、タネくんが私を助手にして手品をして、それが受けて、それ以来私はみんなとも仲良くなれて……だから、恩人で」

「そう、彼って昔からいい子なのね」

「いい子すぎるんです……でも、どこかで心を閉ざしているみたいな気もして――それで、彼には私たちが感じられないことが感じられるんじゃないかって、そんな風にも思えて……」

「それでわたくしたちが、怪しい機関の人間で、彼のことを調べに来たんじゃないか、って思ったのね」

「……すみません」

「いいのよ、別に。疑われることには慣れているし、無害だと証明するのも仕事のうちだから」

「あの、お姉さん――タネくんをお願いしますね。危ないことには近づけないであげてください」

「それは大丈夫よ」

「ごめんなさい。こんなことを言い出して――でも私、なんか怖いんです。タネくんって、自分を守ろうって気持ちが全然ないみたいに思えるときがあるんです――」


――少女を送り届けた後で、奈緒瀬は車内でずっと黙り込んでいた。しばらくしてから運転手の男が、

「あの、代表――ひとつ意見を述べてもよろしいですか」

と言ってきた。奈緒瀬は返事をしない。男はおずおずと話し出す。

「あの少女が言っていることが正しかったとしたら――あの少年に特殊な才能があるのだとしたら……」

「ペイパーカットは、超能力者に興味を持つかも知れない、と言いたいのね？」

「は、はい――我々はそのとき、彼を守ることができるでしょうか？」


部下の真摯《しんし》な言葉に、奈緒瀬は眉間に皺を寄せて、奥歯を噛み締める。

「……わからないわ」

そうとしか言いようがなかった。彼女は頭を振って、

「しかし現時点で、彼は予告状を受け取っていないし、読んでもいない……わたくしたちが見せた映像も不鮮明なもので、彼は文面には興味を持たなかったからちゃんと読んでもいないし――」

と自分に言い聞かせるようにぶつぶつ呟いた。

「もう彼をこの件から離すべきでは？」

「――いや、もしもペイパーカットが関心を抱いてしまっているとしたら、おそらく手遅れ――逆に彼を近くに置いて極力、保護できるようにした方がいい……それに、まだ彼に超能力があると決まったわけでもないし」

そう言いながらも、奈緒瀬は自分たちが取り返しのつかないことをしてしまったのではないか、とい

う不安を抑《おさ》えることができなかった。

CUT 5.
Masato
Senjyo

奇蹟が訪れるのを待ちながらも
生の幸福には怖くて触れられず
――みなもと雫〈イカロスの空の下で〉

1

　オーディションは募集からわずか一週間しか時間がなかったということと、マジシャンにとっては屋外という条件が厳しすぎたこともあり、集まってきた人数は決して多いものではなかった。それでもテレビ番組に出られる上にインターネット中継ではオーディション自体も公開されるというので、名を売りたいという者たちがそれなりに集まった。

「ただし大半は大道芸の人らしくて、これは審査するけど自動的に落とされてしまうらしいね」

　千条は冷静そのものに言う。伊佐は投げやりに、

「おまえのライバルがそれだけ減るということか？」

　と言うと、千条はあくまでも真面目に、

「ぼくも最終まで残ることだけが目的だから、最終的には誰かに敗れるよ」

　と答えた。伊佐はその返事には特に応じず、あらためて周囲を見回した。

　都心に近い埋め立て地は、本来ならば再開発が進んでいて、予定通りだったら今頃は華やかなショッピングセンターやシネマコンプレックスなどの大型施設が軒を連ねて並んでいるはずの場所であったが、埋め立て地の造成を待たずに景気が悪化したため、土地の買い手はそのほとんどが予定をキャンセルし、未だにそこはがらんとした空っぽの空間である。

　ただ、都心が間近であるので、見回すと高層ビルが至る方角に目に付く。

「遠隔から見張りを立てるには絶好のポジションだな……」

「インフィニティ柿生の狙いは明確だね。ペイパーカットが接近してきて、なにかを仕掛けてきたら、それを見つけるのがとても容易な環境だ」

「しかも、隠れる場所がほとんどない……最悪逃げ

られたとしても、そのときの状況を細かく記録できる準備が整っている」

「カメラは二十五台も別々の方向から撮れるように設置しているから、死角はまずないね」

「まあ、ヤツが来たらの話はまだ不明なんだが——」

「オーディション参加者の中に紛れ込んでいる可能性はどれくらいだと思う？」

「俺はおまえと違って計算は苦手だよ」

「では君の得意な勘では、いると思うかい」

「………………」

伊佐はこれにも返事をしなかった。それはわからない、というよりも彼が考えていることが他の者には理解しにくいだろうという沈黙だった。やがて、ぽつりと言う。

「俺たちには知らされていないが——サーカム財団はここに狙撃手を配していると思うか？」

「おそらく、いるだろうね。しかも後の面倒を避けるために、警視庁の者を借りていると思うよ。君の古巣の」

「俺の所属は警視庁じゃなかった——だが、そうだろうな。いるに決まっている……」

伊佐は顔をしかめた。ペイパーカットはむろん、許し難《がた》い殺し屋である。しかしだからといって、それを無条件で射殺すべきだとは、そこまでは伊佐には割り切れなかった。そして、警視庁の狙撃チームの優秀さは世界に轟《とどろ》いている。オリンピックのメダリスト級がごろごろ存在しているのだから。他の国の狙撃手が、数百メートル先の直径二十センチの標的に、とにかく当てることを目標とするのに対し、この国ではその的のど真ん中に当てないと恥だと感じるほどなのだ。

「……とにかく、俺は現場には近づかないで、外から様子をうかがっているから、何かあったらすぐに連絡しろよ。まあ、監視もしているから、駆けつける方が早いかも」

「君に見守られているとは心強いよ。是非応援してくれ」

「おまえに応援すると、効果はあるのか？」

「ないね」

千条は即答した。伊佐は苦笑して、

「芝居っぽい科白を言うのはいいが、ちゃんと徹底しておいた方がいいぞ」

「ああ、やっぱり無言で押し通した方がいいのかな？」

千条が首をかしげているのを背にして、伊佐は埋め立て地の外縁部に停めてあるバントラックに乗り込んだ。

「あれのコンディションは良さそうだな」

と言いながら車内に設置されたモニターを観ているのは、千条の管理をしている釘斗博士である。彼は伊佐の視神経異常の主治医でもある。

「顔色はいつも通りだがな」

「しかし手品を教え込むというのは発想になかったな。残念ながらすべてトリックがあるから、驚きを感じるといった情動的な発達は一切期待できないが」

博士は亜麻《あま》色の長髪を揺らしながら、ひひひ、と笑った。

「博士、あんたはあのウーダン鑑定人のことは知っていたのか？」

伊佐の問いに、博士は顎の無精髭《ぶしょうひげ》を撫でながら首を振る。

「いや全然。君とは違って、私はサーカム財団の内情にはまるで関心がないからね」

「別に俺だって、そんなに知りたい訳じゃないが――もとマジシャンだというのは本当なのかな」

「嘘をついてどうするんだ？」

「そう言われると困るが……」

「君自身の見解はどうなんだ。ペイパーカットは、インフィニティ柿生の起こすであろう奇蹟に興味を持つか、否か」

「…………」

　質問されても、やはり伊佐は返答しない。と言ってそれほど悩んでいる様子もない。ふむ、と博士はうなずいて、

「君の今の表情――なんだかとても〝大人〟だったぞ」

　と言った。伊佐は眉をひそめて、

「なんだそりゃ」

「つまり、子供が無意味なことに夢中になっているのを見て、まあやるだけやってみろ、みたいなことを考えているときの顔だ」

「…………」

「まあそんなに深刻になるなよ。千条雅人を投入してはいるが、今回の件では君に責任はない。やるだけやって、他の奴らが派手に失敗するのを見物するような気分でいればいいんだよ」

「あんたはいつでも、そんな感じだからな……」

　伊佐は呻くように呟いて、並べられているモニター群に目をやる。画面はさらに四分割されていて、それぞれが別アングルでオーディション会場近辺を映し出している。

　その中に、見知った顔がいたので少し注目する。東澱奈緒瀬と種木悠兎が、会場に向かって並んで歩いていくのが見えた。そしてその隣にいるのは、

「あれは……スイヒン素子じゃないか？」

　最初に会ったときにもう関係ないと思っていた女がふたたび目の前に現れたことで、伊佐は少し心の中がざわつくのを感じた。

　そのとき、バンのドアを、どんどん、と乱暴にノックする音が響いた。

「なんだ？」

　釘斗博士が窓から外を確認して、そこで顔が強張《こわば》る。

「お、おまえは――？」

「先生、コーヒー飲みますか？」

「いや私のサンドイッチを」

「こっちはケーキがありまして」

わいわいと大変な騒ぎである。奈緒瀬はちょっとひるんでしまって、一歩身を引いている。その隣ではスイヒン素子が、仕方ないな、という顔をしている。

「――なんなの、これ？」

奈緒瀬が言うと、素子は平然と、

「まあ、当然ですね。トリート先生だから」

「こんなに人気者なの？」

「影響力がある、と言った方がいいですよ。実績がありますから」

「実績って――自分でやるわけでもないのに」

「実際のところ、このオーディション主催の柿生なんかよりもずっと尊敬されてますから」

「そこまで言うの？」

奈緒瀬は少し気味が悪くなってきた。マジシャン

*

「お、おい、あれって――」

「まさか――」

「いや間違いないよ、あれは」

「トリート先生だ！」

種木悠兎のことに気づいた他のマジシャンたちが、たちまち少年のところに集まってきた。

「先生！　今日は審査にいらっしゃったんですか？」

「いや、僕は単に見学というか」

「先生、私のマジックを見ていただけませんか？」

「なにかアドバイスをいただければ――」

「どうしてもうまく行かないところがあるんですが、どうしたらいいか相談に乗ってもらえませんか？」

「まあまあ皆さん、落ち着いて」

連中の少年に対する気持ちが、ほとんど崇拝のレベルに達しているのを実感したからだ。

「ええと、スイヒンさん――あなたも五日前に彼のアドバイスは受けましたよね」

「ええ、おかげさまで。大変に役に立ちましたよ」

「そういえば、今日はあの助手の方は来ていないみたいですけど」

「ああ、彼は本番用の秘密兵器ですから。こんなところでは使わないんです。トリート先生もそれでいいって言ったし」

「ははあ――」

彼女が何を言っているのか当然、奈緒瀬にはわからない。別にわかりたいとも思わない。手品の機微《きび》など知りたくもないから、それはそれでいいのだが、なにかが引っかかる。

「あのう、スイヒンさん。あなたは種木くんと会うのは今回が初めてですよね？」

「ええ。とっても光栄です」

「彼はどうでしたか？　色々と噂を聞いてきて、イメージみたいなものがあったと思うんですが、それと比べてどうでしたか」

「いやあ――」

素子は遠くを見るような眼になった。

「信じられなかったですね。あんなにも的確だなんて。私が何に引っかかっていたのか、それをあんなに指摘してくれた人は初めてでした」

心底感動しているようだ。奈緒瀬はますます落ち着かなくなり、

「それって、つまりどういうことです？　心の中を読まれてしまっている、みたいなことですか」

「いや、そういうんじゃなくて、なんていうのかな――私の上達を妨げていることを、すごく明確に教えてくれるっていうか……」

2

　種木悠兎と話をするチャンスが来たときに素子がまず相談したかったことは、なによりも〝自分はインフィニティ柿生に勝てるか〟ということだった。

「トリート先生は柿生のマジックの大半を発案されてるんですよね。私のマジックはそれに通用しますか？」

「うーん、まずひとつ断っておかなきゃならないのは」

　少年は慎重な口調で言う。

「ご存じだと思うんですが、マジックって結局、お客さんの反応がすべてなんですよね。そしてその反応が何に左右されるかって言うと、マジシャンの印象に尽きるんですよね。だからトリックをいくら考えても、柿生さんがやると、そのマジックはもう柿生さんのもので、僕のじゃないんですよね——マジシャンの人はよく、トリックを盗まれたとか言って、すごく揉めますけど。あんまり意味がないんですよね——」

　ちらちら、と素子の顔色をうかがいながら喋《しゃべ》るのは、素子がかつて柿生にトリックを盗まれたことを知っているからだろう。

「いや、それは」

「はいはいはい、わかっていますよ。実際に損をしてしまうじゃないかって話ですよね。でもそれはお客さんには関係ないんです。柿生さんがあなたと同じようなマジックをしていることは、単なる〝前提〟です。それでどうするかという問題です。お客さんは柿生さんのことをどれくらい知っているのか？　それを分析しないと意味がありません」

「分析、ですか？」

「柿生さんはどれくらいの有名人なのか、そのマジックはどこまで浸透しているのか、それを知るのが先です。つまりお客さんの中に柿生さんのイメージはどれくらいできているのか、重要なのはそれを冷静に見極めることです」

「冷静……」

「あなたは柿生さんよりも見事なマジックを見せたいと思っているようですが、それは比較する対象を間違っています。あなたが戦う相手は柿生さんではなく、お客さんの中にあるイメージの方なんです。プロのあなたに言うことではありませんが……マジックの基本は緊張と緩和です。お客さんの中にある緊張をどうやって緩和させるか、ということが最も重要で、単に驚かせたいというのならば、わっと大声を出せばいいだけですから、そんなものは大して意味はない。驚きがポイントではないんです」

「はあ……」

「〝この花瓶をテーブルから消します〟と言ってから消失マジックをするのは、前もって言うことでお客さんの心の中に〝消えるわけない〟という緊張を先に作るためでしょう？　いきなり消してしまうと、ただ〝あれ？〟と思うだけで、そこには緊張と緩和がない。驚きは二の次です。緊張させて、緩和する、それがすべてです」

「なんとなくはわかりますけど――」

「うん、それでお客さんの中に柿生さんのイメージがどれくらいあるのか、ということだったら正直、彼はまだ大したことはない」

「あら」

「知られているようで、知られきっていない。メジャーなようで、それほどでもない。中途半端な状態です。だから彼を相手にするべきではない。お客さんの中に彼が確固とした存在として定着していないのだから。彼という緊張がお客さんの心の中にないのに、彼を意識すると、そこに緩和は生まれない。あなたが料理人だとすると、彼は素材です。大根です。みずみずしいなら使えるけど、しなびていたら使えない」

「だ、大根って」

少年の言葉に、素子は思わず笑ってしまった。その笑顔を見て、悠兎はうなずく。

「スイヒンさん、あなたは柿生さん相手に緊張していちゃいけないんです。そうするとお客さんをうまく緩和させることに注意が向きませんから」

「はい、わかりました」

素子は一回りも年下の少年に、素直にそう返事していた。

「それで、あなたのやろうとしているマジックですが——顔を見せられない助手がいるというやつは、次のオーディションでは使えませんね？」

「そうですね。屋外で、事前の準備も数分単位でしか許可されないでしょうから」

「これは言ってもかまわないと思うんで、言うんですけど、東澱さんによると、なんか柿生さんは紙切れのマジックにこだわっているらしいですよ」

「紙切れ？」

「カードっていうことだと思うんですが、ちょっとした文章が書いてある紙切れを使いたがっている、とか」

「はあ——」

なんだか、どこかで聞いたことがあるような話だった。紙切れに書いてある文章を読んではならない、とかなんとか……。

「だから柿生さんに関係したオーディションだけに絞るなら、その辺にあえて手を出してみると効果があるかも知れないですね」

「カードマジック、ですか……でも風があるからなあ」

野外だと突風で、手のひらの裏などに隠したカードが飛ばされてしまうことがあるのだ。しかしそんな彼女に、悠兎はニコニコ笑いながら、

「それは逆ですよ、飛ばしてしまうんです」

と言った。

……数分後、説明を受けた素子の顔はきらきらと

輝いていた。

「すごい……すごいわ！　それって最高ですね。私のイメージともぴったりだし！」

「空飛ぶ妖精がやりそうなことでしょ？」

「先生、なんか私よりも私みたいじゃないですか！」

「あなたは殊更に柿生さんのことを意識しなくても、立派にあなたのイメージがあるということですよ」

「うわあ……なんか実感しました。どうしてみんながあんなに先生のことを尊敬するのか。これならいくら払っても惜しくは——あっ」

言いかけて、素子は口を覆った。そう言えばアドバイスを受けるにあたって支払いがどうなるのか、まったく話をしてなかったからだ。しかしこれに悠兎は首を横に振って、

「いやいや、これは東澱さんからの依頼の一環ですから、必要ならあちらからもらいますから、あなたからは何もいただきません」

と静かに言った。

「でも——私、これ以外の時にも、今のマジックをするかも知れないし」

「あれはあなたがやるのが一番似合うんで、だからそれはもうあなたのマジックです。僕のじゃない」

少年はいつものように、微笑みながらそう言った。

彼が帰るとき、素子は自然に頭を下げていた。見送ったその姿が消えるまで、彼女は何度も頭を下げていた。

すると背後から、

「すごいものだな」

という声が掛けられた。振り向くと、そこには飴屋が立っていた。

「あれ、あんた、いたの？」

「君たちが話し合っていた喫茶店の、その奥の席に座っていたよ」

「やだ、全然気がつかなかったけど——」

「気配を消すのは得意なんだ」

「それにしたって——」

「私のことよりも、今はあの少年のことだろう。天才というのはああいう人のことを言うのだろうね」

そう言われて、素子はすぐに飴屋の不審さを忘れてしまう。

「そうよねえ——偉い人だ偉い人だって聞いてたけど、まさかあそこまでとは思わなかったわ。マジックの神さまみたいだったわ」

「しかし不思議な少年だね。彼はいったい何が楽しくて、他の人を輝かせたいのだろう？」

「あそこまですごいと、私なんかじゃとてもとても考えが及ばないわよ」

はふう、と素子は嘆息した。飴屋はそんな彼女を見つめながら、

「そうか——彼が何を考えているのか、マジシャンの君にもわからないか」

と言った。

「え？」

「彼がマジックに魅力を感じているのに、どうして自分ではやろうとしないのか——そこに彼の本質があるのだろうね」

「本質？」

「彼の生命の、魂の根幹にあるものだ」

飴屋はさらりと、魂、という言葉を使った。素子はまた、この男に対して奇妙な違和感を覚える。

（なんだろう——この言い方）

それはなんだか、外側から言っているような言い方だった。それはまるで、医者が自分は感染していない病気について喋っているような、そういう突き放した言い方だった。

素子は気づいていないが、その言い方はまさに、ついさっきまで種木悠兎が、マジックについて語っていた、その口調に極めてよく似ていた。驚きこそが魅力であるはずのマジックに於いて、驚きは本質

ではないと喝破《かっぱ》したその言い方は、外側からの発言であった。

そう——こういう表現もできる。

それは、その事物について他人事である者の口調なのだ、と。

「ところで——私はオーディションには参加する必要がないようだが、横から君のことを見物していてもかまわないかな」

「え？　あ、あー——大丈夫だとは思うけど。でも見学者の申請とかあるのかな」

「それは大丈夫。私は他人に気づかれずにこっそりといることには自信があるんだ」

飴屋は穏やかに微笑みながらうなずいた。

「そう——君にも気づかれずに、どこかにいて、君のことを見ているよ」

3

（——今も、どこかから見ているのかな、あいつは）

素子は青空が頭上に広がっているオーディション会場をきょろきょろと見回したが、飴屋らしき人影は確認できなかった。

（変わったヤツよね、あいつ——でも、そこが頼りになるところなんだけど）

「どうかしましたか？」

東澱奈緒瀬がそんな彼女に訊いてきたが、素子は、

「いいえ、別に。ちょっと緊張してるみたい」

とあいまいに誤魔化した。飴屋のことをあれこれ訊かれるのはなんかまずい気がした。

種木悠兎の周りに群がっているマジシャンたちへ、少年がひとりひとり丁寧な対応をしているとこ

ろに、オーディションの係員たちがやってきた。皆に楽屋にあたる待機場所を指示してくる。といってもロープで囲んであって、パイプ椅子が並べてあるだけの区画だ。皆は案内されるままにぞろぞろとその中に入っていく。

悠兎もなんとなくその中に入りそうになったが、これは係員に制止された。少年は、

「そうですか」

と素直に戻ろうとしたが、他の者たちは名残惜しそうに、

「あの先生、これ私の名刺です。ぜひ後でご連絡を」

「あ、私も」

「私も私も」

また押し寄せて来そうになったので、奈緒瀬が部下に命じて阻止した。SPに守られながら、悠兎はその場から下がっていく。奈緒瀬も一緒に行きかけて、最後にもう一度素子に念を押す。

「いいですか、スイヒン素子さん——このオーディションは必ず突破してくださいね。そのために色々と協力したんですから」

「わ、わかってますよ——とにかく柿生の下に喰い込んで、あなたに必要な情報を引き出せばいいんでしょう?」

「わかっているなら結構です」

奈緒瀬はうなずいて、悠兎と部下たちの後を追って、去っていった。

「…………」

素子はその後ろ姿をちょっと恨めしげに見つめていたが、すぐに気持ちを切り替えて、自分の審査番号が書かれた紙が下がっているパイプ椅子のところに行って、腰を下ろす。

きょろきょろと見回して、他の連中の顔を見る。知っているヤツも何人かいたが、どいつも親しいほどの人間ではないので、話しかけたりはしなかった。そしてその中に、

（……あれ？）

と思う人物がいた。いや、名前は知らない。だが以前に彼女のところに詰問に来た保険会社のうちのひとりが、堂々と腰を下ろしている。

（なんでアイツが——あのサングラスはいないけど、でも、アイツの隣にいる老人は——いや、まさかそんな）

気のせいだと思った。インド人はみんな同じように見えるし、とも思った。

（でも似てるなあ——ラスベガスで活躍してた幻惑のウーダンに。でもあの人って、もう十年くらい前に引退したって話だったし……でも本物だとしたら、これをカムバックの機会にしようってこと？ちょっと強敵かな……いやいや）

余計なことを気にしていてもしょうがない。自分は自分だ。やれることをやるだけだ。素子はすっぴんの頬をばしばしと叩いて、メイクをしようと化粧箱を開いた。

＊

もちろんスイヒン素子の視線を、千条雅人の方も気づいている。

そして東澱奈緒瀬と彼女が何やら共謀しているらしい、という事実も把握した。そのことを今すぐに伊佐俊一に知らせるべきか、少し考えたが、

（……緊急性なし）

と判断して、即時の報告はやめて、さらに状況を精緻《せいち》に把握してから教えても遅くないと決定した。

まったくの無表情で席に着いている千条に、横からウーダン老人がスペイン語で話しかけてきた。

「インフィニティ柿生の姿を、その強化された視力で確認できたかね？」

「いいえ」

千条も同じ言語で答える。この場所にその言葉が理解できる者がいないと判断しての会話であろう。

「そして断っておきますが、別にぼくの視力そのものは常人と同様です。ただ視界に入った事物の解析能力に優れているというだけですから、その点を配慮ください」

「見える位置にいないことがわかれば充分だ。ヤツも慎重に行動していることを確認できた」

ウーダンは意味ありげにうなずいた。

「あなたは以前にインフィニティ柿生と交流があったのですか?」

「私がサーカム財団にヤツを協力者の一人として推薦したのだ」

「それは彼の実力を見込んで?」

「いや、逆に才能のなさに注目して、だ」

「どういうことですか」

「あの男は、舞台の演技は素晴らしいのだが、自分でアイディアを出すということに関しては二流、いや素人以下の存在だ。だがその分、分析力に優れている。構造を把握したり、不可能なことの見極めは早い。それがペイパーカットという我々の常識を超えた者に対しては有効かと思った。なまじ天賦《てんぷ》の才能があり、自分の力に溺れている者は、己を超越したものを理解できないからな」

「分析力に期待した、ということですね」

「このオーディションの設定を見る限り、その傾向は変わっていないようだ。観察するのに適した環境に徹底している」

「こういう環境を思いつくのも才能では?」

「いや、マジックを野外でやらせてパフォーマンス性を確かめる、というのも過去に存在しているやり方なのだ。それを行った者が、まさしく〈ウイング・オブ・イカロス〉の考案者コンスタブル・コンスタンティンなのだ」

「マジックに失敗して死亡した男ですね?」

「それ故に伝説となっている、偉大なる奇術師だ」

「インフィニティ柿生は、その彼が失敗して死んだマジックを実現させる、つまり仇討ちというような話を盛り上げて、企画を通したのでしょうね」

「グレート・コンスタブルはマジシャンの間では伝説だが、いかんせん遠い過去の人間だからな。一般の人間はほとんど知るまい。それを馴染みがないとするか、新鮮味があるとするか、そういうときの説得はうまい男だ、柿生は。実際マジシャンよりもビジネスマンという感じだ」

「このオーディションでも、何らかの計算をしているのでしょうね」

「おそらくな。ペイパーカットを誘き寄せる計画の一環だろう。そしてそれは、別にマジシャンならでは、というものともさほど関係がないレベルの作戦だと思われる」

「オーディションは生中継しているそうですから、それで注目を集めるというような話ですかね。必要のない大道芸人まで受け入れて、とにかく話題を広げるという」

「それもあるだろうな。広告代理店的な発想といえるだろう」

*

——二人が外国語で話し合っている光景は、なんとも不思議な存在感があり、他の参加者たちも二人に注目させられていた。そして二十分ぐらい待たされた後で、ようやくオーディションは開始されて、番号順に候補者たちが設置された簡易ステージへと呼ばれていった。

4

「ああ、始まったみたいですね」

種木悠兎が読んでいた紙資料から顔を上げて言った。

「しかしこのリストに載っているウーダンという人は有名人ですよ。ご存じでした?」

「彼は今、サーカム財団の鑑定人よ。千条雅人の先生って訳ね」

二人がいるのは、この場所の警備関係者の詰め所である。そもそもこのオーディションの警備そのものを奈緒瀬の会社で請《う》け負っているのだ。

「下調べは万全というわけですね」

「たとえ思惑があっても警備を請け負った以上は責任を果たさないとね。でも——それでもできることとできないことがあるわ」

奈緒瀬は少し眉間に皺を寄せた。

「どうかしたんですか」

「警備をするにあたって、責任者だというインフィニティ柿生に面会したいって言ったんだけど、断られたわ。それに周辺の警察とも連携したかったんだけど、今回は勘弁してくれって言われてね——サーカム財団の方が先に警察とつながっていて」

「警察ですかあ。なんかすごいですね」

「何か起こるとしたら正直、制止しきれない——強引にでもねじ込んだ方が良かったかも知れない」

彼女が顔を歪《ゆが》めていると、部下の一人が、

「しかし代表、今回のような曖昧なケースで、あまり警察に強く出ない方がいいのは確かです」

と言ってきたので、奈緒瀬は、わかっている、という風にやや乱暴に手を振った。すると悠兎がしみじみとした口調で、

「柿生さんは、やるとなったら徹底的ですからねえ——」

と無責任に言ったので、全員が揃って嫌な顔になった。悠兎はそれにまったくかまわず、生中継の画面を観ながら、

「あー、この人は駄目だろうな。惜しいなあ。これ外でやっちゃ駄目なんだよなあ。ほらほら足下の影でバレるって」

と言って、コーラをストローでずろろ、と啜《すす》る。

そんな呑気《のんき》な彼を睨んでいた奈緒瀬は、ふう、とため息をついて、周辺の様子を撮影している監視カ

メラの映像に眼を移す。

（入ってきている人間のチェックは完全にやっているとはいえ、埋め立て地の広い敷地を囲んでいるのがロープ程度だしね……侵入してくるヤツを完全に遮断するのは無理だわ）

映像の中には、サーカムの車輌も見える。扉の方は死角になっていて見えないが、何人かが出入りしているようだった。伊佐は今、あそこにいるのだろう。

（伊佐さんが現場から離れたところにいるということは、やっぱりそこまで深刻な話ではないのかしら。あの人だったら、怪しいと思ったらごり押ししてでも現場にいるはずで、それを千条さんだけ行かせるってのは、本気じゃないんじゃ――）

そこまで考えて、ふと悠兎の視線に気づいた。少年が彼女のことをじーっ、と見つめている。

「あのう、東澱さん」

「なに？」

「判断基準にするなら、個人的な感情の絡んでいない人の方がいいですよ」

あまりにもふつうに言うので、奈緒瀬は一瞬、彼が何を言っているのかわからない。

「――なんですって？」

「だから、他人の行動を見て、それで自分の行動を決めるのなら、そこに自分の期待を混ぜちゃいけないってことです。彼なら間違えない、と信じたい気持ちが入っていると、冷静に判断できませんよ」

少年は真顔で、噛んで含めるように言う。奈緒瀬は、

「…………」

と絶句してしまう。あまりにも混乱していて、どう返事していいのかわからない。心の中を読まれたとしか思えない――と思って部下を見ると、なぜか彼の方は少し笑いを堪《こら》えている。すると悠兎が、

「ねえ、すぐにわかりますよねえ。あの人のことを考えているときの東澱さんって。なんか表情が、根

っこから変わるんですよ」

と言ったので、部下は思わず、ぶっ、と噴き出してしまった。

「な、ななな……」

奈緒瀬は口をぱくぱくさせるが、そこから声が出てこない。それでもなんとか言い返そうとした――そのときだった。

ぱっ、と並べられたモニターのひとつが急に眩しく輝いた。

それはサーカムの車輛をフォローしていたカメラからの映像だった。画面全体が一瞬、真っ白に染まって、続いて赤くなる。

車輛が爆発して、その閃光《せんこう》と炎がモニターに映っていた。

「え――?」

その場の者たちが、その光景に気を取られたのと同時に、別のモニターでは千条雅人がオーディションの場に姿を見せていた。

5

「審査番号七番、仙人ライジングスターです」

千条雅人は釘斗博士が適当に考えた芸名を名乗ると、ステージにウーダン鑑定人と共に上がった。

老人は恭《うやうや》しくお辞儀をするが、千条は無表情で突っ立ったままだ。糸で吊った操り人形のような動作をすることで事前の打ち合わせはすんでいる。

「それでは、これからお目に掛けるは奇妙奇天烈《きてれつ》な不死身の男で――」

とウーダンが口上を述べて、千条がかくかくとした動きで演技を始めようとしたそのとき、遠くの方から――どおん、という爆発音が聞こえてきた。

みんながそっちの方を思わず見た。炎が昇って、煙が舞い上がった。

それが伊佐たちが待機している方角からだったので、千条がとっさに飛びだそうとしたところで、

〝おっと——諸君、動かない方がいい〟

という声が響いた。それは審査員席に置かれているスピーカーから発せられる声だった。

〝これから諸君には、ひとつの実験につきあってもらう。今、その障害となる者を始末したところだ〟

それはインフィニティ柿生の声だった。いつものように自信に満ちて、力強く、聞く者を威圧するようなところのある、それでいて穏やかな声色《こわいろ》だった。

「な、なんだこれ？」

「どういうことなんだ？」

「ちょっと、説明を——」

と皆が騒ぎ始めたところで、いきなり、ぱあん、という音がした。

そして——ステージ上に立っていた人影が揺らいで、倒れた。

ウーダン鑑定人が、頭から何かを噴出しつつ、転倒した。

無造作に崩れ落ちた。受け身も何も取らずに、うつ伏せに落下した。

ごととん、と勢い良く地面に当たった頭部が軽く跳ねるほどだった。そしてそこで、ぱしゃっと飛び散るものがあった。

鮮血だった。

それは頭部にぽっかりと空いた穴から、どんどん溢れ出してくる。たちまちステージに血だまりができた。ここで誰かが、ぼそりと呟いた。

「撃たれた……？」

そして悲鳴が上がりそうになったところで、平静そのもののインフィニティ柿生の声がまた響く。

〝このように、邪魔をする者はすぐさま始末するか

ら、そのつもりでいたまえ。逃げ出そうとする者も同じだ。このように……〃

ぱちん、と指を鳴らす音が聞こえてくるのと同時に、またぱあん、という銃声が響いてきて、ステージに置かれていたマイクスタンドの先端部が木っ端《こっぱ》微塵《みじん》に砕け散った。

〃容赦《ようしゃ》なく行かせてもらうから、そのつもりでいてくれ。私が用があるのはたったひとり……そいつが出て来さえすれば、それ以上の被害者は出ない。だがもしも姿を見せないというのなら……残念ながら、無差別に攻撃させてもらうことになる〃

静まり返った会場に、その声ばかりが広がっていく。あまりのことに、誰一人として動けない。座っている者も、立っている者も、その場に釘付けになってしまって身動きできなくなっていた。

それはステージの脇に並んで、出番を待っていたスイヒン素子も同様であった。

（な……なに？　なにこれ？　なんなのよ……？）

あまりのことに頭が真っ白になっている。人が撃たれた？　なんで？　どういうこと？

（無差別——無差別って言った——どういう意味？　それって、だから——私たちも、ってこと……？）

頭の奥が痺《しび》れている。殴られたわけでもないのに、がんがんと衝撃を受けたようになっている。ものをうまく考えられない。この目の前の現実にどう対処したらいいのか、なんらイメージが浮かばない——。

（なんで、どうして——どうすれば……）

パニックに陥《おちい》りそうになった彼女の眼に、そのとき……奇妙なものが映った。

どうして今まで気づかなかったのだろう？

それはあまりにも堂々と、彼女の視界の中に立っていた。

茫然としている審査員たち、その席の近くに居並ぶスタッフたち、その中にごく自然に紛れて、そいつが佇《たたず》んでいた。

銀色の髪が、やけに眩しく輝いている。そいつは彼女のことを見つめながら、ゆっくりとうなずいた。

（あ、アメヤ……？）

そのとても目立つはずの男は、しかし誰の注意も引いていないようだった。他の者たちが茫然自失状態になっているところを、彼だけは平然としていて、それどころかうっすらと微笑んでいる。

そして、彼は素子に向かってステージを指差して見せた。よく見ろ、というかのように。それから続いて肩をすくめて、お笑いだよ、とでもいわんばかりのジェスチャーをしてみせた。

（え……？）

言われて、素子はステージに眼を移した。そして——あることに気づいた。

（あれ、あれあれ……？）

よく見れば見るほど、それが不自然であることがわかった。あわてて飴屋に眼を戻すと、彼はまたうなずいて、どうぞご自由に、といった感じに手を差し出してみせた。

（そうか……そういうことなのね）

彼女もうなずいて、そしてステージに向かって一歩を踏み出した。

もうそのときには、顔付きが変わっていた。それは舞台の上で華麗なイリュージョンを見せる〝空飛ぶ妖精〟の顔だった。

6

「……え？」

どよめきが起こった。

誰一人動くことができなくなった状況の中で、一人の女性が落ち着いた表情で、ステージの上に上がってきたのだから。

　息を呑んでいる一同に向かって、スイヒン素子は静かな声で、

「ずいぶんと強引なやり方ですね、インフィニティ柿生？」

　と言った。腹式呼吸のできている声は、マイクを通さなくても遠くまでよく通る。

「私ならば、もっと洗練されたやり方で、目指す奇蹟に近づいてご覧にいれますよ」

　そう言うと、先端が弾け飛んだマイクスタンドを拾い上げて、その黒こげになったところに、ふっ、と息を吐きかけて立ちのぼっていた煙を払った。そしてそれを杖《つえ》のようにクルクルと回して、ぴたり、と指した。

　ステージ上でまだ、ぼーっと人形のように突っ立ったままだった千条雅人を。

「それには手助けを必要とします。そこのあなた、私を手伝ってくれませんか？」

　言われて千条は、首を横に十三度ほど傾けてから、

「何をしろというのかわかりませんが、状況からして、場を理解しているらしいあなたに従うのが最良の策のようですね」

　と言って、素子のところへと歩み寄って、ひざまずいた。

「結構です――それでは始めるといたしましょうか。スイヒン素子の、あり得ないはずのことを現実化する紙切れの奇蹟を――！」

　素子は宣言すると、スタンドを空高く放り投げた。

　するとその杖状の物が空中で、ばらばらと砕け散って、無数の紙切れになった。

　そのうちの一枚を、ぱっ、と摑み取る。その手を二度三度振ってみせると、いつのまにかその手の中で一枚の紙切れが束になっている。それをまた空中に振りまく。

その動きの中で、どこからともなくまた杖が現れて、ぶんぶん振り回す。剣で切っているような動作である。

するとそ紙切れがみるみるうちに紙吹雪に変わっていく。

その中に杖を突っ込んで、引き抜くとそこに一枚の紙切れが貼り付いている。

ぱっ、とそれを手にとって、杖は放り捨てる。手招きして、千条を呼び寄せる。その耳元に何事かを囁く。

千条は「了解」と返事をすると、その腕を前方に突き出した。

拳を握りしめて、しっかりと力の込められたその腕に彼女は、二、三度ぶら下がってみて、千条の腕力を確認する。もちろん彼の身体はびくともしない。

すると彼女はためらいのない動作で、その千条の腕を鉄棒の軸にして、体操選手のようにくるっと回って飛び出した。

宙を舞う——それはトリックでもなんでもなく、ただの体術だ。回転遠心力だけでなく、、千条が腕力で投げ飛ばしてもいる。

飛びながら、手にした紙切れをふわふわと扇子《せんす》のように華麗に振り回す。

そして着地したのは、頭を撃ち抜かれて倒れ込んでいるウーダン老人の傍らであった。

彼女は老人の胸に手をやり、そして、ああ、と天を振り仰いで、

「この者の魂は空へと消えた——だが今、私は彼の魂をこの紙切れに集めてきた」

と歌うように言って、そしてその紙切れをびりびりに引き裂いた。

ぱらぱらぱら、と老人の上に紙屑が舞い落ちる。それはすぐに吹いてきた風にさらわれて、どこかに行ってしまう。

すると、ステージ上に広がっていたはずの老人の

血がだんだん、色が薄くなっていく。真っ赤に染まっていたそれが、どんどん消えていくように見える。

そして素子が身を屈《かが》めて、老人の頭にキスをして、ぱっと離れて指を鳴らすと、

「——う、ううむ……」

と唸り声を上げて、老人が身を起こした。

その頭にはもう傷痕など影も形もない。

「生命の奇蹟——私もまた、それを紙切れ一枚で容易に操《あやつ》ることができるのです！　どうです、インフィニティ柿生？」

素子がそう言って、うやうやしく審査員席にお辞儀してみせると、

〝——お見事、スイヒン素子〟

と言う柿生の声がして、そしてぱちぱちと拍手の音も聞こえた。

〝出てきたのは君だけだったということは——おめでとう、合格だよ〟

その言葉に、周囲の人間たちはやっと我に返った。

「……え？　何だって——？」

「……つまり、今のって——」

「……ドッキリ、ってこと？」

ざわざわざわ、と騒音が広がっていく中、素子は視線を巡らせて、彼女を落ち着かせてくれた飴屋を探した。

しかしそのときには、銀色の髪の男の姿はその場のどこからも消えていた。

＊

「うーん……これはちょっと、やりすぎですねえ

……感心しないなあ――」

種木悠兎が画面を見ながら呻いた。その横では奈緒瀬たちが、半ば茫然と、半ば苛立ちながら立ちすくんでいる。

「な――なんなの、これって？」

奈緒瀬はモニターのひとつを睨みつける。そこにはさっき爆発した車輌が映っている。

天井部分から煙がまだもくもくと上がっているが、車体自体は無事で、扉が開いていて、そこからは伊佐と釘斗博士が出てきている。博士はなにやら怒鳴っているが、伊佐は不機嫌そうにむすっとしているだけだ。そこにはサーカム財団の職員らしい者や、警察官なども来ている。

爆発は計算されたもののようだ。派手に広がるだけで、ほとんど破壊力はなかった。天井部に設置させていた火薬が上方にのみ噴出したのだろう。

（市街地の近くで爆発とかさせるのには、警察の立ち会いが必要――ってこと？　なにその段取りの良さ……それで警察が非協力的だったの？）

奈緒瀬がぼんやり考えていると、悠兎が、

「あれはウーダンさんがラスベガスで出世する前に、地方巡業時代にやっていた〝陰鬱な日曜日〟ってマジックのバリエーションですね……自分で自分の頭を拳銃で撃ち抜いて、倒れて、客がびっくりしたところで立ち上がるんです。趣味悪いですよね……」

と不快そうに言った。

「……つまり、インフィニティ柿生とあの老人はグルだったのか？」

警備の男が唸るように言うと、悠兎はうなずいた。

「柿生さんがラスベガスで公演していたときに出会っていてもおかしくないですからね。爆発でみんなを脅かして、異常なことが起こっているという先入観をみんなに与えてから、いきなり射殺された演技をする……これが突然だと、撃たれたかも知れないという印象をみんなに与えず、病気で倒れたとか思われることもある。周到に準備されていますよ。しかし、どうにも目的がわかりませんね……」

「あのスイヒン素子の演技は、君が教えたものなんだろう？」

「その派生系です。彼女はかなり即興でシナリオを組み立てましたよね。本来なら飛ぶのには足場を使うはずだったし、生命を吹き込むのもぬいぐるみを動かすはずだったんですが。まさかその場にいた千条さんを使うとは思いませんでした。吹っ飛んだマイクスタンドを、自前の杖と似ているからと入れ替えながら使ったのも見事でしたし——」

「結果として、全体的に彼女を売り込んだ芝居みたいになった訳だが……これでインフィニティ柿生は満足なんだろうか？」

「僕にはなんとも言えませんね——最終的には綺麗にまとまったけど、人が死んだ、とか途中で思わせるのはやりすぎですよ、やっぱり。ただ怯《おび》えさせて、怖がらせるだけで緊張も緩和も何もないですよ、あれは——」

悠兎はしかめっ面で、あくまでも不満げである。

奈緒瀬はそんな部下たちの話を聞きながら、さらに考えていた。

（……人を殺すのはペイパーカットのやり方だ。インフィニティ柿生は明らかにペイパーカットに向かって、自分もおまえの領域に入っているんだぞ、と挑発している……どこまでやる気だったのか？）

確かにウーダンは死んだフリをしていたかも知れないが……他の者も殺すと言っていたのもハッタリだったのか。それとも本気で、何人か遠くから狙撃する気でいたのだろうか？

（サーカム財団は柿生に協力的だ……伊佐さんたちに内緒で、柿生の暴走にあえて乗ろうとしているのではないか？）

千条雅人は何も知らなかった。それは彼とそこそこつきあいのある奈緒瀬にはわかった。彼が舞台上でぽかーんとしていたのは、車が爆発したりウーダンが射殺されたのが虚偽のものであることまではわかっても、それが何を意味するのか分析できなかったからだ。データが足りなかったので、動かずに情報収集していたのだろう。

（伊佐さんたちは孤立している……この状況でどうするつもりなのかしら――？）

CUT 6.
Shuniti
Isa

他を信じられなくて愛するのか
何も愛せないから信じたいのか
——みなもと雫〈イカロスの空の下で〉

1

そのマジックは〈ウイング・オブ・イカロス〉と呼ばれている。

発案者のコンスタブル・コンスタンティンは第一次世界大戦と第二次世界大戦の間の時代に活動していた奇術師で、様々なマジックが次々と発明され、ハワード・サーストンやハリー・フーディーニ等が華々しく活躍していた黄金時代に、少しばかり遅れて登場した男だった。

技術的には先達に決して劣るものではなかったが、どうしても人気と名声は先に世に出た者に負けてしまう。そこで彼が採った方法は、当然のようにより刺激的なマジックを成功させて、観客を驚かすというものだった。

「まあ正直、その辺の話はどうでもいいんだよな」

プロデューサーの臼田淳は、うんうん、と一人でうなずきながら言う。

「売り込みの苦労なんぞは、世間のウケが良いとは言えないからな。なあ？」

「はあ……」

素子は半ばうんざりしながら話を聞いている。もちろん彼女はコンスタブルのことは既によく知っている話である。それにおかまいなく、臼田は、

「ポイントになるのは、この男の妻とのお涙頂戴物語の方なんだよな。いやもう、みんなそういうのが好きだからなあ」

「いや、それは——」

「あれなんだろ？　聾唖者《ろうあしゃ》の妻でも喜べるように、見るだけでわかるマジックをやり続けたんだろう？　彼女の笑顔のために僕は頑張るよってワケだ。いやあそういうのはウケるんだよねえ」

「だから、必ずしもそうじゃなくて——」

「しかもそれで無理をして生命を落としたとなると、もうこいつは完璧だよ。イケるよこいつは。悲

しき愛の叙事詩がここに、ついに完成するとかな。ゲストのタレント陣が全員大泣きだ」

「でも、コンスタブルのマジックって——権利関係で延々と揉めてたはずですけど……」

「だからその辺りはもう全部クリアに、うまいことやったんだよ。弁護士とかも保証してたしな。抜かりはないよ」

臼田は自分の手柄《てがら》のように自慢げである。しかし柿生がすべてを手配したのは間違いないだろう。相当に金とコネを使いまくったはずである。

(確かに派手なマジックだろうけど……なんであいつ、そんなにムキになってわざわざ昔のマジックをしたいんだろう……?)

彼女が考え込んでしまっていると、臼田は馴れ馴れしく肩をぽんぽんと叩いてきて、

「まあ大丈夫だよ。緊張することはないさ。君なら問題なく大役を務められるはずだ。私が保証するよ」

と恩着せがましく言う。素子は少し面倒になってきて、

「まあ、私だけでもやれるくらいですからね」

と本音を言ってしまう。すると臼田は大笑いして、

「いいねいいね、その覇気はいいよ。君はやっぱり大物だよ」

わっはっはっは、という笑いがどこまでもわざとらしいが、微妙に白々しくないのが不思議である。

「でも、それで私はいつになったら柿生と打ち合わせができるんですか? あいつ、全然出てこないじゃないですか。もうオーディションから丸一日も経ってるのに……」

「その辺は君たちでうまくやってくれよ。私は私で忙しいんだから」

「でも連絡先ぐらい教えてくださいよ。いくらなんでも本番の一週間前になっても練習ひとつしていないのは……」

「うーん、そうだなあ……教えるなって言われちゃいるんだけどな。まあいいか。メールアドレスぐらいは教えても。ほい」

「どうも」

素子はやっと目的の情報を掴んだので、臼田のオフィスから飛び出すようにして外に出た。

さっそく〝至急連絡請う〟という電報のようなメールを送りつける。すると意外なことに、すぐに返信が来た。


〝既に配達済み〟


そっけない一文だけが表示されている。他には何もない。

「なにこれ……？」

素子はさらに質問のメールを送ってみたが、着信拒否になってしまった。ムカっと来たが、ふと思いついて自宅に電話してみると、母親からなにやら封筒が届いていることが確認できた。

〝送り主は柿生不動産ってなってるけど〟

「わかったわ。ありがと」

〝これってあなたの仕事のお手紙なの？〟

「まあそんなようなものよ」

素子は通話を切ると、すぐに帰宅すべく駅に向かおうとして、そこで足が停まって、

（うわ、あいつは――）

と背を向けてそっぽを向きながら、顔をそいつから隠した。

駅から出てきた男、そいつを彼女は知っていた。

（戸澤――なんであいつがここに……？）

＊

戸澤広朗《ひろあき》がプロのマジシャンとして活動していた期間は決して短くない。三年以上もやっていた。しかしどうにも生活が苦しくなったので、結局は廃業

し、転職せざるを得なかった。

その最後の営業のときに、彼が組んでいたのがスイヒン素子だった。

彼が前座で、彼女がメインというような公演ではあったが、二人とも売れっ子でも何でもなかったので、結果は散々なものだった。そのときに戸澤は、一緒にやるというので素子にいくつかマジックのアドバイスをした。それは彼女の一番の売りである空中浮遊マジックに関するもので、ワイヤーで吊るにしても、あまりにも吊っていますという動きになってしまっていたので、複数のワイヤーを使用する方法を教えてやったのだ。

そして、彼女はそのときの公演では結局そのマジックを使用せず、その後になってから戸澤案のものとしか思えないマジックをしだしたのである。

戸澤がそのことを知ったのはもう営業職のサラリーマンとして働き始めた後のことだったが、無断で使用されているということで抗議に行くと、素子は、

「つまらない言いがかりはやめてください。あなたのアドバイスなんか参考にしていませんから」

と突っぱねた。ではその証拠を出せ、トリックを明かせと言っても、彼女は頑として応じなかった。

それからは泥仕合《どろじあい》だった。互いの主張は平行線を辿り、素子は戸澤のことをストーカー呼ばわりまでしだして、彼の本業の方にも影響が出そうになったところで、戸澤はいったんは引き下がった。

それでも何度か真相の解明を試みているのだが、成果がないので半ばあきらめかけていた。素子がそれほど売れていないので、ムキになるのも馬鹿らしいと思い始めてもいた。

(だがあのアマ——まさかインフィニティ柿生に取り入っていたとは……)

あのオーディションの様子はもちろん彼もネット中継で観ていた。これで彼女がメジャーになっていくことになるのならば、さすがに戸澤としては黙っ

てはいられない。

（あの女狐《めぎつね》――人がおとなしくしていりゃつけあがりやがって――）

彼は、彼女に直に迫るとまた騒がれると思い、とりあえず今回の件のプロデューサーに話を付けに行くことにした。

「あの女は許し難い盗作犯なんですよ。そんなヤツをテレビなどに出してはいけません」

そう主張してみたのだが、臼田はひたすらにへらへらするばかりで、

「いやいや、そういう話は彼女の方に直接言っていただけませんかねえ。私はなにしろ、何の決定権もない単なる仲介《ちゅうかい》業者ですからね。責任はないんですよ」

と、まったく取り合ってくれない。では彼女に面会する段取りをつけてくれ、と言っても、

「まあ、あなたがいらっしゃったことは伝えますがね」

と無責任に言うだけだ。こいつは駄目だ、と戸澤は憤懣《ふんまん》やるかたない気持ちのまま、その場を後にするしかなかった。

（くそう――このままですますものか。なんとしてもあの女の欺瞞《ぎまん》を暴いてやるからな。そうとも、こうなったら手段を選んでいられるものか……！）

2

「――ただいま」

素子は戸澤からこそこそ隠れるようにして、なんとか家まで帰ってきた。

「おかえりなさい。あら、どうしたの。なんだか疲れてるみたいね」

母親が心配そうに言ってきたが、説明する気になれず、それよりも郵便は、と訊くと、

「仕事のことだって言うから、アメヤさんに渡しておいたわよ」

と言われたので、素子はさっそく階段を昇って二階の飴屋に貸している部屋に向かった。

うっかりノックもせずに、いきなり扉を開けてしまうのはやはり自分の家だからだろう。しかし室内にいた飴屋は、

「やあ」

と、まったく動じることもなく素子にうなずきかけてきた。その手には書類の束がある。既に一読した後のようだった。

「それが、柿生から来たっていうマジックの説明ね？」

「ああ。基本的な流れや段取りが書いてあるよ。君のやりやすいように調整もしているみたいだ」

飴屋が差し出してきた書類を受け取って、ぱらぱらとめくってみて、眉をひそめて、すぐに放り捨てる。

「——なにこれ？　結局私は最後には、ただアイツを目立たせるための捨てゴマじゃないのよ」

「危機を救ってもらうお姫さま扱いとも言えるがね」

「同じことよ。なよなよと頼りなく泣いてりゃいいって感じじゃないの。くそう、このシナリオに文句を付けたいのに、あいつ引きこもってやがるから話もできないわ」

「どうするね？　これまでの我々の考えでは、君がシナリオで余裕のあるところで演技を無断で挟み込んでやろうということだったんだが——今でもそのつもりかな」

「もちろんよ。私が一番になってやるわ」

彼女が胸を張りながらそう言うと、飴屋は静かに微笑んで、

「君の一番は、なんなんだろうね？」

と訊いてきた。

「え？」

「すごいマジックを成功させたいのか。それとも皆から賞賛されたいのか。目立ちたいのか。不思議が

られたいのか――君は何をしたくて、マジックなどやっているんだろうね？」

「え、えーと――」

「インフィニティ柿生は簡単だ――彼は、探求している者に出逢いたくて、それだけで強引に名前を売り出したり、奇抜なマジックをして目立とうとしている……君はどうなんだろうな。君が柿生に勝ちたいというのなら、その辺りを見極める必要があるかも知れない」

「う、うーん……」

得体の知れないことを、淡々と言う。

素子が困惑していると、ふと飴屋が、

「君は……どうやら悩み事があるときに、眉に触る癖があるようだ」

と言った。素子はびっくりした。

「え？　ほんと？」

ばっ、とあわてて手を眉から離す。

「うわ、そういえばそうかも。なんだか嫌な感じ――嫌だわ」

「まあ、単なる癖だろう」

「そうなんだろうけど――」

「そして人間は、そういう癖を積み重ねて、生きている――生活するというのは、癖をえんえんと繰り返すことだ。意識するにせよ、しないにせよ、癖という反復動作で時を消費し続ける――不思議なことを求めるのも、人間の癖だ」

飴屋は素子を見ているようで、誰でもない何かを見つめているようでもある。

そういえば――と、素子は思い出そうとする。昨日、オーディション会場からこの男がいつのまにか消えていて、それから一緒に家に帰ったのか、それとも別々だったのか、どうしても思い出せない――なんだかいつのまにか、彼女がコイツはここにいるはずだと思ったら、そのままいた――みたいな……

「手品にはタネがあることを誰でも知っている。それなのに彼らはそれを不思議がって、面白がる。まるで他のことなら何でもわかっていて、それだけが不思議なことだとでも言うかのように」

飴屋はうっすらと微笑んでいる。

「日常生活を癖で埋め尽くして、不思議から眼を背け続けているのに、手品のようなパッケージされた不思議は面白がるというのは、一体どういうことなんだろうね？」

*

「どういうことなんでしょうね、これは……」

種木悠兎は顔をしかめながら言った。

「僕には柿生さんが本気でやっているようには思えないんですよね。確かにショッキングな出来事を映像として流せば話題にもなるでしょうが、あの手の生々《なまなま》しさというのはマジックでは禁物なんです」

彼はどうも、本気で怒っているらしい。

「柿生さんと話をしなきゃなりませんね。彼はあんなことをしていてはいけない」

「でも彼は今、姿をくらましているから、そうそう会えないわよ」

奈緒瀬がそう言っても、悠兎は唇を尖らせて、

「東澱さんたちは、あのサーカムって保険会社の人たちとは親しいんでしょう？」

と訊いてきた。奈緒瀬はさんざんこの少年に伊佐との関係をからかわれていたので、ちょっと警戒しつつ、

「まあ、交流はしているわよ」

と慎重に答えると、彼はうなずいて、

「なら千条さんに訊けば、ウーダンさんが柿生さんとどうやって共謀していたか、わかるじゃありませんか」

と言い出した。奈緒瀬は少し困って、

「いや、私たちもあの後で調べてみたんだけど、あのウーダンという人はどうもサーカム財団でも今や相当に上の立場にあるらしくて、接触するのはかな

り難しいようよ。そもそも彼はもうこの国にもいないわ。あのオーディション会場で一芝居打った後で、すぐに現場から姿をくらましたと思ったら、一時間後にはもう飛行機に乗って、サーカム財団の本部があるチューリッヒに帰ってしまったそうよ」

「いや、それでも千条さんのところに行きましょう。あの人が何かを掴んでいるかも知れない」

悠兎は譲《ゆず》らない。奈緒瀬は悩んでしまったが、横から部下の男が、

「代表、ここは種木くんの言葉に従ってみるべきでは。なんと言っても千条雅人は、あのときに現場にもいたわけですし」

と言い出した。奈緒瀬は眉間に皺を寄せて、

「うー……」

と唸ってしまう。しかし反対する理由がただ単に、

(千条さんと話をするのに、伊佐さんに断りを入れなくてもいいのかしら……?)

というだけの、自分でもよくわからない迷いでしかないので、どうにも根拠が薄い。

「……わかったわ。サーカム保険に連絡を入れてみましょう」

ため息混じりにそう言うしかなかった。

3

「やあどうも、東澱奈緒瀬さんに種木悠兎くん。それに東澱警備保障の、あなたのお名前は存じ上げませんが四回会ったことのある方」

千条雅人は訪問してきた彼らを見て、一息でそう言った。

「はあ……」

奈緒瀬はきょろきょろと、保険会社オフィスの狭い室内を見回してから、訊く。

「あの、伊佐さんは」

「彼は、本日は有給休暇です」

「昨日あんな騒ぎがあったのに?」

「彼は今回の件では副次的な参加しかしていませんので、特に出勤の義務や必要はないので。そもそも彼はほとんど有給休暇の申請をしていないので、総務からはむしろ取ってくれという要請があったほどですので」

「はあ——一応、あなたたちって会社員なんですね」

「まあ伊佐はこの会社に席もないんですが。ぼくも単に待機状態ですし。伊佐本人も今が有給休暇中と自覚しているのかどうか、ぼくも未確認です。ただ会社的に、彼の居場所を把握していないことに対する社会的責任は一切ないということだけをご確認ください」

色々と複雑なつじつま合わせがサーカム財団内部であるらしいが、そんなことは奈緒瀬にはどうでもいい。

「意外ですね。あなたがたコンビはいつも一緒にいるものと思っていたんですが」

「いや、一年を通して三百五十九日は行動を共にしていますから、あなたの見解はほぼ正しいと言えます」

千条の言葉は実にまどろっこしい。奈緒瀬がイライラしてきたところで、悠兎が口を挟んできた。

「ところで千条さん、ウーダン氏とはどこまで打ち合わせをしていましたか?」

それは唐突な訊き方だったが、千条の方はその突然さには何も反応せず、ただ平然と、

「その質問はつまり、君にはぼくが彼とは綿密《めんみつ》な打ち合わせをしたにもかかわらず、その大半を実行できなかったことを推察しているのですね」

と回りくどい返答をした。これに悠兎もうなずいて、

「やっぱりウーダン氏はあなたに内緒で、柿生さんと内通していたんですね。おそらく番組制作のスタッフも知らなかったはずですね」

と言った。

「現場には来ていなかったけど、どうもあの番組は臼田さんがプロデュースしているらしいですから、柿生さんは何もかも計算ずくなんですね」

「どういう意味？　臼田って誰？」

奈緒瀬が訊くと、悠兎は少し不快そうな顔になり、

「マジシャンの間ではあんまり評判の良くない人なんです。とにかくウケさえすれば細かいことを気にしないというか。現場の調整とかはうまいんですが、自分では責任を取らないので、安全基準とかがいい加減だったりするんです」

「柿生は自分が好き勝手しやすいように、そいつに依頼したと？」

「たぶんそうです」

「なるほど——用意周到ね……」

「というよりも異常です。柿生さんは、本当なら臼田さんのようなタイプを嫌うんです。以前に仕事をしたときに、臼田さんがいい加減な契約しかしていなかったので、ほとんどただ働きになったことがあって。表面的には穏便《おんびん》にすませたけど、内心で激怒していたことがありましたから」

どうにも理解できない、という表情で少年が首をひねっていると、千条が、

「それでは君としては、どうして柿生氏はそこまでして、今回の仕事を実現しようとしているのだと考える？　何が彼をして〈ウイング・オブ・イカロス〉の成功に固執《こしつ》するのだと思うのか、ぜひ意見を伺いたい」

と質問してきた。すると悠兎は厳しい顔になって、

「それはウーダン氏の見解ですか。今回の柿生さんの仕事が〈イカロス〉だというのは」

と訊き返してきた。

「はい」

「そうですか——なら、間違いないんでしょうね。

しかしよりによって〈イカロス〉か……そうなると柿生さんは、どうやらマジックそのものが目的じゃないらしい」

渋い表情になっている。奈緒瀬は嫌な予感を覚えつつ、訊いてみる。

「じゃあ、柿生の目的ってなんなの？」

「おそらく、復讐ですね」

少年は即答した。奈緒瀬たちが絶句している中、千条だけが冷静そのものの声で、

「どうしてそのような判断に至ったのか、説明してもらえますか」

と質問した。これに悠兎は落ち着いた声で答える。

「そもそも〈イカロス〉というのは難しいマジックではあるんですが、それより何よりも権利関係で揉めていたことで有名なんですよ。これをやろうとして失敗したコンスタブル・コンスタンティンには聾唖の奥さんがいたんですが、これはどうも、お金持ちのその人の実家の財産目当てだったらしい。彼女の資産をさんざん使って、浮気しまくっていたという話が伝わっています。それで結局、離婚することになって、慰謝料を請求されて、それを拒否するための裁判費用を稼がなきゃならなくなって、それで試みたのが危険極まりない〈ウイング・オブ・イカロス〉だったのです」

「なるほど。番組で盛り上げようとしている美談からはほど遠い由来なのですね」

「もうそんな過去の裏事情はほとんどの人が知りませんからね」

「それで、それを実行しようとすると、どうして復讐心があると推察されるのですか？」

「コンスタブルはもちろん派手なマジックで客の興味を惹《ひ》いて、それで大儲けしたかったのもあるんですが、そのマジックの内容というのが、実はその元奥さんに対する嫌味《いやみ》というか、当てつけというか、そういう内容なんですよ。これは劇仕立てになって

いて、天使の羽根が空から落ちてきて、それを拾った馬鹿な女が空を飛べるようになって、いい気になっていたら太陽に近づきすぎて、羽根が燃えて落ちてしまいそうになるところを、さっそうと駆けつけたマジシャンが助けてやるという、そういうものなんです」

「ははあ、その女性は自分のおかげで楽しい生活ができたのに、それを忘れたらもう墜落するんだぞ、というような意思表示ですね？」

「柿生さんの出番自体は少ない——それでもあえてそれをやろうというのは、そういった〝あてつけ〟の姿勢を感じます。それに誰も成功しなかった難しい技術を実現させてみせる、というのもあるし」

「あてつけ、というのは誰に対してだと思いますか？」

千条の質問に、悠兎ではなく横の奈緒瀬の方がはっとした。

（それはもちろん、ペイパーカットなんだろうけど——でも柿生太一はどうしてあそこまでムキになっているのか？）

「そうですね——」

悠兎は少し考えて、それから言った。

「ぼくは柿生さんとは仕事のつきあいしかなかったから、彼の人生とかはほとんど知りませんから、細かいことはわかりませんが、それでも彼がマジックに対してどういう姿勢でいるのかは知っています。それは他の者とは少し次元が違う」

「というと？」

「彼はマジックそれ自体は、全然好きじゃない——むしろ大嫌いなんです」

「嫌いなのに職業にしているのですか」

「彼は他人のマジックを面白がるということをしません。自分の方がうまくできるかどうか、それにしか興味がない。驚かされるのは大嫌いなんです。だからすぐに他人のトリックを知りたがる。金にあかせて強引に買い取りをするのは、疑問を抱え込んでいるのが嫌だからです。世の中にはマジックを毛嫌いする人がいますが、彼はそのタイプです。わからないことがあるのが嫌なんです」

「自分の技術にプライドがあるから、そうなるのですか」

「彼にはそういう意味でプライドなんかない。他人のネタを使っても全然平気ですし、盗作しても良心が痛むなんてこともない。彼にとって重要なのは、自分は他人を驚かすことができるという、その優位性だけです。ですから――こんな風にも思う」

悠兎は少し息を吸ってから、言う。

「彼は、誰かに心底驚かされた経験がある。それがマジックだったのかどうかは知りませんが、その体験がマジックを見せられたときのそれと、とてもよく似ていた――だから彼は今、マジックをしているのではないか、と。そのときの怒りか屈辱か、とにかく心の中に生じた負の感情を、そのマイナスをプラスにするか、せめてゼロにしようと思って」

「それは他のマジシャンに負わされた感覚ではなく、ですか」

「そう思います。マジックではないと感じる。手品そのものだったら、彼はきっと別のことをしていると思う――でも、どうかな。少しは関連があるのかな？」

「君も迷っているようだけど、でも確固とした印象もあるのですね」

「そうですね」

「どうしてそう感じるのか、できればそれも教えてくれませんか」

「いや――なんて言ったらいいのかな」

少年はここで、少し困ったような顔になった。

「僕にも多少、そういうところがあるから、かな」

「それは君も、実はマジックが嫌いということですか？」

「いや、そうじゃない。そんなことはありません。僕はマジックに対して嫌悪感はない。ただ――その」

　苦笑しながら頭を掻く。

「どんなマジックを見ても、僕の場合ほとんどタネがわかっちゃって、驚いたことがないんで」

　その口調にはまったく自慢するようなところがなく、むしろ困っている雰囲気さえあった。

「ほほう」

　千条の方も、それを聞いてもちっとも感心した風もなく、冷静に、

「それは勉強を重ねてから、ではなくてそれ以前から、ということだろうね。この場合は」

　と言った。そんな千条に少年は、

「あの、僕の方からも少し訊きたいことがあるんですけど、いいですか千条さん」

　と言ってきた。千条はうなずく。

「かまいませんよ」

「千条さんはどうやら、他の人とは違うようですね。どうしてか知りませんが、何事に対してもとても公平で、常に分析できてしまうようです」

「否定はしませんね。その通りです。その理由を知りたいというのなら、それは教えられませんが」

「いや、そうじゃないです。あなたの正体とかはどうでもいいんです。ただ——そんなあなたから見たら、手品というのはどういう風に見えるものなんでしょうか？」

「そうですね。君とは違って、すぐにトリックを見破ることはできないね。手品はほとんどの場合、故意にデータを隠したり別のデータを与えたりして、瞬時にそのうちのどれが重大なことか判別できないようになっているからね。君のような直観はぼくにはないし」

「驚きますか？」

「いや、単になんらかのトリックがあるのだろうと思うだけです。解明できていない数式問題のようなものです」

「その数式は、いつか解けるのですか？」

その問いかけには、奇妙なほどに必死な響きがあった。これに対して千条の方も大真面目に、

「たとえばそれが素数の配列に法則性があるのか、というような問題であるならば、それが解けるならば宇宙の神秘も解明できてしまうでしょうね」

と返答した。

「解けるかどうかはわからない……ですか」

「しかしもしも君に、自分で言うようにあらゆるトリックを瞬時に見破る才能があるのならば、その数式も解ける可能性があるかも知れないね」

千条の言葉はどこか突き放したようにも聞こえた。これに悠兎はうっすらと微笑みながら、

「どうでしょうね――マジックというのは、結局は誤魔化しですからね。本当はできないことを、さもできるように見せかけて、錯覚させているだけですからね……僕にわかるのは、それが錯覚だということだけです」

とやや自嘲気味に言った。

「ふむ。君は人が〝ここで錯覚している〟ということが直感的にわかるのですか。そういう才能ですか」

「そんなところでしょうね。人が〝こうだろう〟と思っていることと、実際の出来事と、その間にあるギャップの量がぼんやりとわかる、っていうか」

「すると君は、マジックとはそういうギャップの演出だと、そう認識しているわけですね」

「そうです。現実に存在しているギャップを見せない――あるものを無いように見せる。つまるところ、手品というのはただそれだけのことだと思います」

「…………」

この二人の対話を、奈緒瀬と部下はただ傍観するように黙って聞いているだけだった。話のレベルが高度すぎてとても割り込めるものではなかった。

(でも……)

奈緒瀬はぼんやりとだが、感じたことがあった。

（この種木悠兎くんは、自分の才能をどう使ったら良いのか――自分でもどうすればいいのかわからないで途方に暮れている。マジック界であれほど評価されながら、本人に全然驕《おご》るところがないのは、達成感がまったくと言っていいほど無いから――自分の才能の本来の使い方に、未だに出会えていないから、じゃないのかしら……？）

それはもしかしたら、東澱家に生まれて、絶大な権力を行使できる立場にありながら、自分でも今ひとつその力に迷っている奈緒瀬と、どこかで共通した悩みなのかも知れなかった。

（でもひとつ感じることは――この少年の方がわたくしよりも〝重い〟――そんな気がする……）

4

「…………」

伊佐俊一は目的地であるホテルの前に到着すると、その地味な建物を見上げた。決して高級なものではない。出張旅行のサラリーマンが泊まりそうな安ホテルに過ぎない。

「…………」

しかし伊佐はその外観を見ても、特に失望するような素振りも見せず、そのままフロントに向かって、一泊したいと言って手続きをした。部屋はどこでも良かったが、とりあえず中途半端な階の、端でない部屋にした。どうせその部屋に行く気などはないのだ。ただ建物の中に入るのに、正当な権利を得たかっただけである。

エレベーターに乗ると、持っている部屋の鍵のナンバーとはまったく異なる階のボタンを押す。

既に調べ上げているルームナンバーの扉の前に立ち、ためらうことなくノックをする。強めに、ごんごん、と叩く。

室内から、がたたん、という椅子から誰かが転げ落ちてテーブルの上のものをぶちまける音が響いてきた。それからドアの魚眼レンズの上に翳《かげ》りが生じる。すぐに戻る。

しばらく空白が生じるが、伊佐はそのまま待っている。一分ほど経過したところで、おそるおそる、という感じで扉が開いた。

「ど、どうも――」

と言いつつ出てきたのは、髪の毛も乱れ、頬と顎《あご》に無精髭を生やした男だった。

伊佐はそいつに向かって、言う。

「話をしてもいいかな、柿生さん」

言われた男は、おどおどしながらもうなずいた。

室内に戻り、伊佐が扉を閉めると、男はびくっと身を竦《すく》ませた。

「――よく、ここがわかりましたね」

「ああ――隠れているつもりだったのか。残念だが、本気であんたを隠しているつもりはなかったようだ。ちょっと調べたらすぐにわかった。もちろんわざとだ――俺たちに、いざとなったら所在地はすぐにわかると思わせて、警戒を解かせるためだ」

「は、はあ……」

「そう固くなるなよ、柿生さん。別に俺はあんたをどうこうしようって訳じゃないんだ」

伊佐は男に、椅子に座るように促《うなが》して、自分はベッドに腰を下ろす。

「……あの、どこまでおわかりなんですか？」

男の問いに、伊佐は答えず逆に質問する。

「あの日、俺と会っていたのは、あんたじゃないな？」

「は、はい――もう一人の方です。あの人は、今日は――」

「今日は俺だけだ。なんだ――あいつが怖かったのか？」

「いや、すごい勢いで迫ってきたもので……あの人はなんですか？」

「安心しろ、あいつは恨みを持ったり、仕返しをしようとか全然思わないから。仮にあんたと会ったとしてもケロリとしてるよ」

「はあ……」

男はどうにも納得できない、という顔で首をひねっている。そんな彼に伊佐は、

「ところで――あんたの本名は信二でいいんだよな？」

と訊いた。男は、ええ、と言った。伊佐はさらに念を押して、

「ほんとうは柿生太一で、戸籍も入れ替わっていると言うことはないんだな？」

「は、はい――そこまではしていません。この前は兄が、僕のフリをしていただけです」

その男――柿生信二は弱々しく肯定した。

「この前の、インフィニティ柿生が三人に分裂したというマジックは、要するに千条の方にいたのが弟のあんたで、俺の方には本物が来て、そして一緒に行った柿生は最初から誰とも会っていなかった――弟に化けたアイツが嘘をついていた、っていう、ただそれだけのことだったんだろう？」

伊佐の言葉に、信二は力なくうなずく。

「何回かやらされてるんですよ。僕ら兄弟は、双子ほどではないにせよ、よく似ているので……」

「俺たちがあれ以前に柿生太一に会ったのは、暗がりの中で、しかも鏡に映ったトリックでの姿で、マイク越しだったからな――最初に会ったときに、既に次のマジックへの伏線が張ってあったわけだ。柿生太一に会っていたようで、実は印象が不鮮明だった。だから後から、弟です、と言って出てきた男が本物かどうか、判定する材料が実は与えられていなかったんだな。俺たちが訪ねていったら、ちょうど封筒が届く、なんてのも本人がそこにいるんだから、いくらでもできることだ」

伊佐の落ち着いた様子に、信二は、

「あの……もしかして」

と訊いてきた。

「会っていたのが兄だと、最初からわかっていたんですか？」

「ああ……まあな」

伊佐は苦笑した。そう……弟の信二です、と握手を求めてきたときの眼つきが、あまりにも普通すぎた。もっと警戒していなければならなかったのに、自然すぎた。その時点で伊佐は、相手が演技をしていることがわかっていたのだった。

だからその後は話を適当に合わせてやった。伊佐もまた演技をしていたのだ。普段からぶっきらぼうな態度だと、こういうときに素っ気なくても不自然でないのが我ながら奇妙だった。

（しかし、俺はそれを千条たちには言わなかった……言う必要もない。別に柿生太一のトリックを暴き立てるのが俺の仕事ではないからな……）

伊佐はあらためて、信二に訊ねる。

「あんたは兄貴の言うことは基本的に聞くのか？」

「そうでもないですよ。でも僕も本当は作家になりたくて……家業を継ぎたくないのは同じなんで」

「ああ、それでこういう風にこもっていても苦にならないのか」

ホテルのデスクの上にはノートパソコンが開かれていて、文書作成ソフトが起動している。いまも執筆中だったらしい。

「兄は入れ替わっているときには一応、家の仕事もやるんで、親からも黙認されてるんですよ。社員も身内しかいないから、口裏を合わせてくれるし。僕はあんまり優秀じゃないから、むしろ喜ばれるくらいです」

信二は苦笑しながら言った。この本物の弟は兄と顔立ちは似ていても、表情が強気一辺倒の太一とはまるで違って軟弱そうだった。

「あんたは兄貴の過去のことをなにか知っているか？　そう……ムキになってマジシャンを続けている理由を」

「ムキになって、ですか。ははっ、言い得て妙ですね。ホント兄貴はそんな感じですね」

「特に動機は聞いていないのか?」

この弟が兄からペイパーカットのことを教えられていないのは確実だが、それでも一応は訊いておかねばならない。

「うーん、兄貴は昔から飽きっぽい性格だからなあ。どうしてマジシャンに固執してるのか、僕にもわかんないなあ——ああ、でも」

信二は想い出した顔をする。

「そう言えば、兄貴の様子がおかしかったのは、大学時代にあの女と出会ってからでしたね。なんつったっけ、あの、最近死んじゃった歌手で」

「みなもと雫か?」

「そうそう、その人です。まだ彼女が売れっ子になる前で、ライブとマジックショーをコラボでやるっていう、まあ学生相手の安っぽい企画で一緒になったんですよ。兄貴はまだ学生で、当然アマチュアの頃です。はっきり言って女を引っかける手段の一つとしてやってただけの頃です」

「みなもと雫が柿生太一を誘ったのか?」

「どうなんでしょう、たまたまだと思いますよ。何でもその頃、彼女はもうとにかく来るオファーは全部引き受けて、世に出ようとしてたらしいから」

「それで? 魅了されてファンになったのか」

「いやいや、逆です」

「というと?」

「すげえ悪口を言ってました。あんなヤツは最低だとか。身の程知らずとか。自分一人で世界を背負ってるつもりか、とか」

「じゃあ、関係を持ったのはそのときだけなのか?」

「はい。一緒に仕事をしたのはそれ一回きりらしいですよ。それからすごい勢いで彼女の歌が流行《はや》りまくったけど、兄貴は〝聞くに耐えない〟とか言ってたし」

「拒絶反応か」

「そうそう、そんな感じです。生理的に受け付けない、みたいな」

「刺激が強すぎたのかな――しかしそれだけ共鳴させられた、ということでもある……」

「……は？」

「それで、みなもと雫が嫌いになって、それからどうしたんだ？」

「ああ、ですから――それからですよ。マジシャンを熱心にやるようになったのは。湯水のように金を使って、色んなマジックを買い込んで、わざわざ外国にも行ったりして」

「彼女が人気者になるにつれて、ますますムキになったのか？」

「だと思いますよ。意識したことなかったけど、言われてみればそうです」

「それで――みなもと雫が死んだときに、なにか目立った変化はあったのか？」

「いや――どうだろう……あれってニュースにもなりましたよね？　恋人に無理心中させられたとかなんとかで」

「恋人かどうかはわからないが、脚本家の男に絞殺された後で、その男も自殺したんだ。かなりショッキングな話だな。無関心な者でもなんらかの反応はするな」

「うーん……でも、何も言っていなかったような――無視していた、って感じで。そうそう、僕から、どう思う、って訊いたことがありますけど、何も言わなかったので」

「なるほどな――」

伊佐は顎に手を当てて、少し考え込む。それからもうひとつ質問する。

「もしかして――あんたと入れ替わったりするようになったのは、それ以後の話じゃないのか」

言われて信二は一瞬きょとんとし、それから眼を丸くした。

「そう……ですね。うん、確かにそうです。どうしてわかったんですか?」

これに伊佐はやや苦い顔になり、投げやり気味に、

「自分自身のことが、どうでも良くなってきたんだろう――」

とだけ言った。

CUT 7.

それともどこかに真実があって
嘘みたいなことも嘘ではなくて
――みなもと雫〈イカロスの空の下で〉

1

イリュージョン・ファンタジア〈絢爛〉——。

その公開はテレビ中継だけでなく、観客を入れての本格的なマジックショーという形式になった。公演場所もかなり大きなホールを借り切っての大規模なものになった。その使用料の大半はインフィニティ柿生自身が出しており、スタッフ等の手配も企画成立時には調整が付いていた。

（ということは、もしテレビ局の企画が通らなくても、あいつって公演自体は実行していたのかしら——）

素子は裏手から大きなホールを見上げながら、ぼんやりとそんなことを思った。

（名前を売るのが目的だとばかり考えてたけど、それにしては少し変ね……仕込みじゃないガチの観客を入れるとなると、マジックの見せ方も変わってくるし、難しくもなるし、カメラで撮っているからルーズなトリックもできないし……）

色々と不自然な点が多い。それに——

（結局、私はあいつと会わないままで本番になっちゃったけど——大丈夫なのかしら？）

もちろん練習はしたし、出番的には彼女がマジックを終えてから柿生が出てくるということになっているから、問題ないといえばそうなのだが……。

（その放任主義がなんか、これまでの完全主義のあいつらしくないのよね……）

彼女がぼーっとしていると、背後から、

「どうかしたのかい」

という声が掛けられた。一緒に来た飴屋である。

「あ、ああ……なんでもない。ちょっと緊張してるのかな」

「そろそろ楽屋に入った方がいいと思うが、どこかに寄るかい」

「いや、いいわ。ビビっていてもしょうがないしね」

二人は警備員がチェックしているゲートをくぐって、堂々と建物の中に入っていった。オーディションは屋外だったが、実際の公演自体は屋根の付いた屋内でやるのだ。

まだ人は少ない。静まり返っている廊下を、かつんかつん、という足音を響かせながら二人は進んでいく。

「柿生はもう来てるかな。いくらなんでも本人に、そろそろ会わないと――」

「だが彼はどうやら、これが終わるまでは誰とも会わないつもりのようだね」

「やっぱりそうなのかな……なんでかしら。神秘性の演出？　にしても共演者とも会わないなんてやりすぎだわ」

「彼のところに近づく者を、特定したいんだろう……自分が囮《おとり》になっているつもりなんだ」

飴屋の言葉に、素子は、

「……え？」

と思わず振り向いた。銀色の髪の男はうっすらと微笑みながら、

「少なくとも、その役目を果たしていると信じている……彼にしか通用しない思いこみだが、現にこうやって、大勢の人間がそれに巻き込まれている」

と言った。素子は首を傾げながら、

「……あいつにそんな、変な思いこみみたいなものがあったとは知らなかったわ」

とため息をついた。

「不思議かい」

「ええ、とっても」

「私からすると、彼にはまったく不思議を感じないんだがね」

飴屋の妙に軽い言い回しに、素子は眉をひそめる。

「そうかな。相当に変わったヤツだと思うけどな」

「君は彼が理解できないかい」

「ええ、まぁーったく、ね」

「ならば、どうして君は、その理解できない者に負けたくないと思ってるんだ？」

「え？」

「理解できないんだろう？　そんなものとどうやって戦って、優劣を決められるというんだ？　君がこうすれば勝ちだと思うことが、向こうからするとどうでも良いことかも知れない」

「それは……いや、そんなこと言われても困るけど。つーかあいつの考えなんかどうでもいいし。私が勝ったと思えればいいのよ」

「なるほど。君にとっての勝利か――」

「そうよ。私にとっての勝ち負けよ。気分よ」

「気分、か――なかなかに興味深い」

　二人は喋りながら、ホール外周の長い廊下を歩いていく。

＊

「そうですか。結局、話はできませんか――」

　種木悠兎が残念そうにうなだれた。

「ごめんね、色々と手は尽くしたんだけど――どうしてもインフィニティ柿生と公演前に面会させることは無理みたい」

　奈緒瀬も無念そうに詫びる。正直、奈緒瀬たちだけならば強引に突破したりすることも不可能ではないのだが、悠兎を危険に巻き込むことだけはできないのだった。

　彼らが問題のホールに到着したときには、もう周辺にサーカム財団が派遣している部隊らしき影があちこちに見受けられた。もう奈緒瀬たちの会社は警備から身を引いたので、警備スタッフも見知らぬ者たちばかりである。

「どう思う？」

「包囲としては確かなものですが、相手がペイパーカットとなると微妙に足りない気もします。入れさせない、のではなく、入った者を逃がさないためのシフトでしょう」

「やはり、柿生は自分のもとへ誘き寄せようというのか——しかしそんなにうまく行くものか……」

部下たちとひそひそ話していると、悠兎がひとりで建物の方に歩いていってしまう。

「あ、ああ——ちょっと」

「こうなったらこっそり忍び込みます」

「いや、そんなこと言っても」

「今までありがとうございました。でも僕としては、ここは引き下がれないので」

悠兎はひたすらにムキになっていて、まったく制止を聞く気はないようだった。

「ああもう、しょうがないわね——」

奈緒瀬たちは少年の後を追った。しかし彼は特に裏手に回るということもなく、堂々と正面入口の受付に行った。なんだ、と奈緒瀬たちはホッとして、彼がパスを見せてそこを通過するのを確認する。

「私たちも、もう入ってしまいましょう」

奈緒瀬がそう言って、部下たちもうなずいて、そして振り向いたとき——たった今、そこに立っていたはずの悠兎の姿がない。

「え？」

周囲を見回したが、どこにも見当たらない。まるで手品のように、影も形もなく消えてしまっていた。焦って奈緒瀬たちは受付の所に駆け寄って、

「今、ここを通った少年はどこに行った？」

と詰問すると、警備の者たちはその勢いに警戒してしまって、

「な、なんだおまえたちは？」

「不審な者はここを通せないぞ！」

「騒ぎを起こすのなら、強硬な手段も——」

と過剰に反応されてしまう。奈緒瀬たちも焦燥からさらに詰め寄って、どんどん騒ぎになっていく。

「馬鹿、そんなこと言ってる場合じゃないんだ！」

「我々じゃなくて、少年のことを問題にしているんだよ！」

「許可証なら出てるんだから、訊いていることに答えろ！」

部下たちと一緒に受付の者たちと揉めながら、奈緒瀬は背筋が寒くなってきていた。

人が〝こうだろう〟と思っていることと、実際の出来事と、その間にあるギャップの量がぼんやりとわかる、っていうか——

あの少年は確かそんなことを言っていた……その実力を今、まざまざと見せつけられた気がした。

（私たちの認識と、現実のギャップ——その隙間に入り込まれたの？　どこが死角なのか、一瞬でわかるのだとしたらあの少年は、もしかして……）

ペイパーカットと同じくらい、どこにでも容易に侵入できてしまうのではないか、奈緒瀬は急にそんな風に感じ始めていた。

2

伊佐と千条はずいぶんと早く、ホールの事前チェックの段階から来場はしていた。しかし一通り見回ったぐらいで、いつもに比べたら仕事は何もしなかったに等しかった。

「…………」

関係者共同の控え室隅の椅子に座り込んで、腕を組んでずっと考え込んでいる伊佐に、千条が話しかける。

「しかしなんだね、君は今回の件では本当に非積極的だね」

「そうかな」

「先日はどこに行っていたんだい。休暇扱いになっているから報告義務はないんだけど、それでもいつもの君なら、どこに滞在していたかぐらいは教えてくれていたと思うんだけど、今回はそれもないし」

「大したことはしていない。どうでもいいだろう」

「まあ君の自由だから、それに干渉すべきではないんだがね」

「単に、柿生太一に手柄を取られそうだから、ふて腐れているんだろうよ」

伊佐が投げやりに言うと、千条はその長い首を傾げて、

「ぼくのデータによると、ふて腐れるというのは自分が正当な評価を得ていないと感じるから、それにサボタージュ行為で対抗するというような姿勢だと思ったけど」

「大体合っているよ」

「いや、これだと今の君とは少し異なるね。君はなんだか、関係者の誰よりも上から俯瞰《ふかん》しているようだ。他人の評価を欲しがったりしていない。逆に皆を判定する立場にいるかのようだ。そしてその評価は、どうやらとても低いらしい」

千条は当然のように、伊佐のことを正面から見つめながら話しているが、伊佐の方は千条をまったく見ていない。

「俺は鑑定人じゃない。査定は仕事に入っていないよ」

「ぼくとしては、君のその態度が果たして深慮遠謀によるものなのか、これまでの疲労の蓄積によるものなのか、判別しかねるんだよね」

「じゃあ、判断しなきゃいいだろう。別に困らない」

「そうもいかないよ。この場所が君にとって安全なのかどうか、その確認を怠《おこた》っている可能性がある」

「どうして今、俺の安全なんぞ気にしなきゃならないんだ」

「君が疲労していて、正常な判断力を失っているとしたら、それを気にするのはぼくの仕事ということになるからね。それで提案なんだが、君はこの場か

ら動かないで、ぼくがもう一度周囲を見回ってくるのはどうだろうか」

「なんだ、おまえはまだ見回りしたかったのか？　かまわんよ。俺は留守番してるから」

「君はほんとうに、この場から動かないね？」

「用事はないからな」

「では行ってくる」

千条はそう言うと、すぐさま会場の施設の方へと早足で向かっていった。走っているわけではないのだが、同行者のいないときの千条の足取りは異様に速い。

「……なんだかな。そんなに俺は手抜きだったかね」

広い控え室には他に誰もいない。一人きりになった伊佐は、また腕を組んで、眼を閉じて、じっと動かなくなる。

するとそれを見計らったかのように、彼の携帯電話が着信を告げた。

伊佐は眼を閉じたまま、送信者元を確認もせずに、すぐに出た。

「なんだ」

その言い方は、もう相手が誰なのかわかっている口調だった。通話口の向こうから、ふふ、という含み笑いが聞こえてくる。

〝やっとひとりになったな、伊佐俊一くん〟

その声はインフィニティ柿生だった。

＊

「別に千条がいても、話はできるだろう？」

〝いや、君とだけ話をしておきたかったんだ。それにロボット探偵だと、無駄に録音などしているからな〟

「まあ、少なくとも融通はきかないな」

伊佐が苦笑混じりに言うと、やや声が鋭くなって、

〝弟と会ったそうだな〟

と質問してきた。

「まあな。確認したいことがあったんでな」

〝トリックを確かめたかったのか？　それにしては中途半端じゃないか。君は私の分身の謎は解いても、消失の方は無視している〟

「いや、トリックに関心はない――分身の解明もついでだ。俺が気になったのはあんたじゃなくて、弟さんの方だったからな」

〝それはどういう意味だ？〟

「あんたは言っていたよな――半身を奪われたのだ、とかなんとか。そいつの意味を考えていて、弟さんに〝被害〟が及んでいる可能性があると思った。まあ、そうではなかったがな」

〝君の報告書に記載されていたな。ペイパーカットの被害者の中には、生命を奪われるのではなく、精神的な支えや生き甲斐を喪失してしまう者がいる、と〟

「弟さんは作家志望とか言っていたし、変な話だが、適度にだらしない感じもした。ふつうの人間だ。ヤツの爪痕《つめあと》は感じなかった。ということは、あんたの〝半身〟とやらは別の人間ということになる――」

〝君は会ったことがないんだろう――〈彼女〉には〟

柿生の言葉に、伊佐はかすかに息を吐いた。

「ああ――やはりそうか。他にはいそうもないとは思っていたが……みなもと雫、か」

伊佐がその名を呟くと、電話口の向こうでわずかに奥歯が軋《きし》むような音が聞こえてきた。

「しかし話によると、あんたは彼女に心酔していた、いわゆる信者のようではなかったということだったが」

〝ああ。私はあの女に好印象を持ったことはない。死んだ後になった今に至るまで、だ〟

「そいつは可愛さ余って憎さ百倍、というようなものでもないんだろう？」

〝そもそも最初から罵倒《ばとう》しかされなかったから、可愛いと思う余裕はなかったよ〟

「それでも、影響を受けた——」

〝本気で生きていない、と怒鳴りつけられたからな……なんだこいつ、と思ったよ。あのまま逃げ出したら、あの女に負ける気がして、それ以来マジックに本腰を入れるようになったんだ。だがそのくせ、あの女ときたら——あんなつまらない死に方をしやがって……しかし〟

「サーカム財団からペイパーカットの話を聞いて、もしかして……と思ったんだな？」

伊佐の言葉は質問ではない、確認だった。もう想像が付いていることだった。

〝君はどう思う？　それこそ、みなもと雫の影響を受けた者たちによる〈4CARD〉事件を解決した君は、そのことについてどう考えているんだ？〟

「俺が解決した訳じゃない——だが、確かにそのことについては考えざるを得なかった。みなもと雫はどうして予告状のことを知っていたのか。もしかしたらあの女は、過去に親しい誰かを殺されて、ペイパーカットを追いかけていたのかも知れない、と——そう、俺たちよりも先に」

〝死因からして、彼女はペイパーカットに殺された訳ではないが、彼女を絞殺した脚本家の方は不明だ。あの男は精神の大切なものを破壊されていた可能性はあるな？　だとしたら間接的に殺害されたとも言える〟

「その推測はかなり強引だが——みなもと雫がペイパーカットと無関係とは思えないのは事実だな」

〝あの女が死んだときは、なんと馬鹿なヤツと思い、自分の方が完全に勝ったと思ったが——しかし直後にサーカム財団のウーダン師からペイパーカットのことを教えられて、話はそう簡単なものではないと気づいたのだ。そう、あの謎の怪盗にして殺し屋を打倒しない限り、私はみなもと雫に勝ったこと

にはならない、となꞌꞌ
　柿生の言葉を聞いて、伊佐は眉をひそめた。

「あんたは未だに、みなもと雫と勝負しているつもりなのか？」

〝あの女の方から売ってきた喧嘩を買っただけだ。言われっ放しで引き下がれと言うのかね、君は？〟

「死人と戦っても虚《むな》しいだけだぞ。どこまでもキリがない」

　その口調には自戒の響きがあった。柿生が、ふふっ、と笑って、

〝どうやら君自身も似たような経験があるらしい——しかし今の言葉にはやや迷いがあるな。君の方の半身は、生きているか死んでいるのか不明のようだな〟

　と言った。伊佐はますます眉間に皺を寄せて、

「半身、か——あんたはみなもと雫に心の半分を支配されているという訳だな」

〝支配ではない、侵略だ。私は己をあの女の呪縛《じゅばく》から解放したいだけだよ〟

「気持ちはわからないでもないが、今からでもいいから、この計画を中止するんだ、柿生太一。どうにも俺には、嫌な予感がしてならないんだ」

〝意外だな、伊佐くん。何度もペイパーカット現象と遭遇している君が、今さら怖《お》じ気づいたのか？〟

「なんでもいいから、もうやめるんだ。ショーを中止しろとは言わない。柿生、おまえがペイパーカットへの敵意を収めたら、きっとあいつは近寄っては来ない」

〝奇妙な見解だな。それはあれか、トップハンターである君の勘ということか？〟

「ヤツが本気だったら、もう俺たちなんかはとっくに始末されている。ヤツがそれをしないのは、何らかの理由があるはずなんだ。俺たちがまず知るべきはそのことであって、誘き寄せて捕らえようとしても、おそらくは無駄だと思う」

〝慎重だな。冷静でもある——だからこそ、こうや

って連絡をしたんだがな。君にも私の用件はわかっているんだろう？　何も今さら、お互いにわかっていることを確認し合うためではないことは〟

「だから、やめろと言っているんだ――」

〝私がヤツの手に掛かって死ぬようなことになったら、伊佐俊一――君がヤツを捕らえるんだ。ロボット探偵などはアテにならない。君だけがその資格を持っている〟

「おい――」

〝では頼んだぞ〟

伊佐の呼びかけの途中で、通話は一方的に切れた。

こちらから何度掛け直しても、もう繋《つな》がらない。ちっ、と舌打ちしたところで、今度は別のところから連絡が来た。正面玄関を警護している者たちからだった。

〝ああ、本部の方ですね？　今、押し掛けてきた連中が、伊佐という人を出せとうるさくて――東澱だと言っていますが……〟

「すぐに行く」

伊佐は席を蹴って立ち上がった。

3

戸澤広朗は吸い寄せられるようにホールにやって来ていた。

「ううう……」

彼が抱えているカバンの中には、包丁が隠されていた。

自分でも何故そんなものを持ってきてしまったのか、今ひとつ自覚していない。

とにかく彼は、思い知らせたかった。自分だけがひとり、理不尽な状況に置かれているのだと、あの女に教えたかった。世界中の人間に知って欲しかった。

それは真綿《まわた》で首を絞められ続けているような感覚

だった。

彼には夢があり、そのための努力も怠らず、何度か訪れたチャンスでも、それほど失敗した訳でもなかったのに、それでも——彼はモノにならなかった。

未だに理由がわからない。

「ううう……」

ホールは開場三十分前で、そろそろ人が集まりだしていた。客は全員テレビ局へ応募してきた観覧者たちなので、席はすべてブロック単位の指定席であって当日券などはないから無駄に人が集まることもなく、それほど熱気がある訳でもない。

緊張感のない空気が漂っている中で、戸澤だけがじりじりと煮詰まっていた。

「ううう……」

彼はふらふらと客に紛れてホールに近づいていく。

過去の経験から、マジックの仕掛けを搬入する場所の見当はついていた。警備の人間が立っている場所こそが狙い目だということが。人が見張りに立っているのは、つまりそこから入れるということなのだ。大きな機材などを搬入するために、普段なら閉鎖されているところが開放されている可能性が高いのである。

不自然に警備員が二人立っている所を見つけて、その場の様子を陰からうかがっていると、彼らのところに通信が入ったらしく、移動していく。チャンスだった。

「ううう……！」

奥歯を嚙み締めて、無音で走り出した。密閉した箱からこっそり抜け出すマジックのために、足音を立てずに移動する練習はさんざん積んでいて、数年経ったぐらいでは忘れていなかった。

＊

「神話のイカロスは、太陽に近づきすぎて蠟《ろう》で作った翼が溶けてしまって、それで墜《お》ちて死んだ、ということになっていたが――」

楽屋で、飴屋は素子に向かって話しかけてきた。

「君がもし、ほんとうに飛べるとしたらどうする。君は太陽に近づいてみたいと思うかな？」

「……は？」

既に舞台衣装に着替えている素子は、きょとんとしつつ振り返った。

「それって何の話？」

「マジックというのは、現実にはできないことをする。皆が〝そんなのできっこない〟ということだけしかしないのがマジックだ。君たちマジシャンには、できることには興味がない――イカロスは飛べると思ったから蠟の翼を使ったが、もし彼がマジシャンであったら、飛ぶように見せかけられればいいのだから、蠟の翼は使わなかっただろう……どう思う？」

「え、えと」

「君は、君がマジックでやっていることが実際に可能だったとしたら、どうするんだ？　空を飛びたいと思うのかな、君は」

飴屋は淡々と話しかけながら、いつのまにか手に書類を持っている。

それはこの前、柿生から配送されてきた今回のマジックのための紙資料であった。

ぱらら、とその端を弄りながら、飴屋はさらに言う。

「空が飛べないから、代わりにマジックをして、せめてお客の心の中だけでも〝人間は飛べる〟と信じて欲しいのか。それとも他人から〝もしかしてあの人は本当に飛べるのでは〟と疑って欲しいのか……どっちなんだろうね」

ぱらぱらぱら、と紙が空気を切りながら触れあう音が室内に微妙に響く。

「マジックにはきっと、無限の可能性がある。様々な方法で、できっこないと思えることを何でも実現しているように見せられるだろう。それは信じているからなのか、それとも疑っているからなのか？」

「…………」

「そもそも人間は、どちらの姿勢で世界に臨んでいるのだろうね——信じるのか、疑うのか。今回、柿生太一は目標が来ると信じているからこのような行為に出たのか、来ないかもという疑いを消すために様々な努力をしているのか——いったい彼は、何と戦っているつもりなのか」

「…………」

「ところで、君だ——スイヒン素子。君はどっちなんだ。君がマジックを続けている理由はなんだろうな」

「…………」

「君は当然、自分がほんとうは飛んでいないことを知っている。飛べるはずがないと思っている——君は飛びたいのか？」

「…………」

「君は、飛んでいるように見せかけるために、自分を吊っているものがなんなのか、わかっているかな。それはワイヤーでも技術でもない。君が〝飛んでいるように見えればいい〟と思える、その気持ちを支えているものだ。そう——それが君のキャビネッセンスだ」

ぱらら、とずっと動いていた紙束の動きが、そこで停まる。

彼女に向かって差し出されてくる。

「——」

「一枚だけ、引いてみてくれ」

飴屋は静かな口調で、彼女に語りかけてくる。

「——」

「ちょっとした手品だ。君がいつもやっていることと同じだ——君が選んで、引いてくれ」

「…………」

言われるままに、彼女は飴屋の手から紙を一枚だけ引き抜いた。

そこには、さらに小さなカードをコピーしたと思われる図が印刷されていた。そのコピーに書かれている文字は、

〝これを見た者の、生命と同じだけの価値あるものを盗む〟

というものだった。彼女がその文章を読んで、そしてその紙を下におろすと、コピーだったはずのそのカードの部分だけが、はらり、と床に落下した。

確かにコピーだと思ったのに——と彼女が飴屋の方に視線を戻すと、いつのまにか彼の手の中に、小さな剃刀《かみそり》が一本だけ握られていた。

それは素子がいつも、眉を整える剃刀——彼女がかつて手品に失敗して眉を焼いてしまってから、ずっと使ってきた剃刀。

それは彼女の〝怖くない〟という気持ちの象徴。

マジックに成功することは、あの顔の前が燃え上がったときの恐怖を打ち消すことであり、眉を整えるのはショックなど受けていないのだという意思表明。

彼女がマジックに打ち込んで来たのは、あのときの心に受けた衝撃との戦い——それを彼女はその瞬間、急に自覚した。

ずっと戦ってきたのだ……それを悟った。

「え——」

素子は手を伸ばそうとした。するとその手から力が抜けて、だらりと垂れる。

手だけではなく、脚からも力が抜けて、座り込む。上体も支えを失って、ぐにゃりと折れ曲がった。

崩れ落ちて、倒れ込んで、そして……動かなくなる。

「…………」

それを見届けると、飴屋は無造作に持っていた紙

束を放り捨てて、もはや何の興味もない、という無表情で楽屋から外に出ていった。

　半開きの扉が、きいきい、とかすかに揺れていた。

＊

（……あれか？）

　建物内に潜入して、スイヒン素子の楽屋を探していた戸澤広朗は、それらしき部屋をついに発見した。

　しかし、なぜかその扉が奇妙な具合に半開きになっているのを見て、眉をひそめる。

（あれ……？）

　本番前のマジシャンが楽屋の扉を開けていることなどあり得ない。トリックを仕込んでいるところを見られたら大変だし、そもそも外の騒音を断って集中したいから楽屋にこもるのだ。それが開いていては意味がない。

（いないのかな……？）

　彼はおずおずと、その半開きのドアの隙間から中を覗き込んだ。

　そのとたん、眼が合った。

　床に倒れ込んで、焦点の合わないスイヒン素子の眼球が彼の正面を向いていた。

「——うわっ⁉」

　思わず大声を上げて、のけぞってしまった。上がった腕に弾かれたドアは内側に押されて、ゆっくりと開いた。

　横たわっているスイヒン素子は、ぴくりとも動かない。

「な、なな……」

　戸澤は彼女の光のない眼から視線を外すことができず、吸い寄せられるように、ふらふらと近づいていく。

　一匹の蠅《はえ》が飛んできて、そして彼女の顔に留まる。

頬から昇っていって、眼球の上に這っていく。それでも彼女は微動《びどう》だにしない。呼吸している気配すらない。

「う、ううう……？」

どう見ても、これは——と戸澤がやっと事態を認識しかけたところで、

「おまえ、そこで何をしている⁉」

という声が背後から響いてきた。今の戸澤の悲鳴を聞きつけて駆けつけてきた警備員たちが、戸澤と倒れている素子の姿を見つけたのだ。

「あ、あ——」

どう考えても、弁解しようのない状況だった。どうして自分ばかりがこんな目に遭うのか、戸澤はその不条理に対してまったくの無力だった。

4

「どうかしたのか？」

伊佐が関係者用入口の横にある受付のところに行くと、警備員と奈緒瀬たちが揉めていた。

「ああ、伊佐さん。こいつらが話を聞かなくて——」

「な、何言っているんだ！　わからないのはあんたたちだろう！」

非常に険悪な空気になっている。伊佐は渋い顔をしながら、その間に割って入る。

「やめるんだ、お互いに争っていてもしょうがないだろう。無意味だ」

「しかしですね——」

サーカムの職員は明らかに不満そうだったが、伊佐はそっちは無視して、奈緒瀬の方に顔を向けて、

「どうした、何を焦っているんだ？」

と落ち着いた調子で訊いた。奈緒瀬は切羽詰《せっぱつ》まった表情で、

「伊佐さん、あの少年が——種木くんが先に、勝手に中に入ってしまって——」

と言うと後ろの職員が、

「何だと？　彼は正式に手続きをとって入館したんであって、強引なのはあんたたちだけだろう」

と声を上げた。完全に混乱しているが、伊佐は一人だけ冷静に、

「全員の許可証はあるんだろう？」

と奈緒瀬たちに訊ねた。彼女たちがうなずくと、よし、と伊佐はサーカム職員に向き直って、

「ここは俺が責任を取るから、この人たちをチェックしてから通せ」

と命じた。職員たちはあからさまに不満そうだったが、責任、という言葉で自分たちに責が及ぶことはないと保証されたので、渋々と奈緒瀬たちを通した。

「それで、種木少年はどうして中に入りたがったんだ？」

伊佐に訊かれて、奈緒瀬は困った顔になり、

「それが正直、よくわからないのです。とにかく柿生太一に会わなきゃ、の一点張りで」

「それは柿生に生命の危険が及ぶから、ということか？」

「そうでもないんです。そういうんじゃなくて、なんかこう、生徒が非行に走りそうなのを止めようとしてる先生、みたいな感じで、とにかく注意したいみたいです」

「だが今、柿生は姿を隠している。あの少年でもそう簡単には見つけられないだろう――彼はペイパーカットのことを勘づいているのか？」

最後の質問は小声で耳打ちした。奈緒瀬は首を横に振る。

「それはないと思いますが、彼の本心はわたくしたちには正直、底が知れないのでなんとも言えません」

「まあ、そうだな――とにかくあんたたちも探してみろ。俺もこれから柿生を追うから、種木悠兎もついでに探してみる」

「わたくしたちは内部を自由に動いてもいいのですね？」

「分散した方がいいだろう——こまめに連絡を取り合えば、その方がいい」

「あの、伊佐さん——それは、あなたはここにペイパーカットは来ていないと判断しているから、ですか？」

奈緒瀬の問いに、伊佐は眉間に皺を寄せて、

「来ているかも知れない……だが今回は柿生がムキになり過ぎで、どこか全体がいびつになっている感じがする。ペイパーカットが関心を持ちそうなものが、ありそうでないような、そんな気がする」

「？……どういう意味です？」

「俺にもよくわからん——とにかく、危険は覚悟で来ているんだろう？　あんたたちも」

「それはもちろんです」

「では、行こう」

彼らはホールの各所へと散っていった。


伊佐は千条に連絡しようかと思ったが、やめた。あまり意味がない。それに種木悠兎を見つけたら、千条の方から連絡してくるだろう。

（それに中途半端なデータを与えて、あいつの演算回路が変な風に作動されても面倒だ。種木悠兎こそ黒幕だ、とか判定されて少年を襲ったりするかも知れない——）

そう思って、伊佐は少しはっとした。

つまり自分は、種木悠兎を疑っていないということだ。なぜそう考えたのか？　それだけの材料が伊佐にあるのか？　あるわけがない。種木悠兎とはほんの少ししか会っていないし、話もロクにしていない。それなのに、どうして彼を容疑から外すのか。

（俺は——）

伊佐は一言で言って、乗り気ではない。

今回の件では、どうにも最初からその感覚が消えない。彼よりも熱心かも知れないインフィニティ柿生を前に腰が引けているのかとも思ったが、どうも

そうでもない。柿生が成功するとも思えないが、といって失敗して欲しいと思うほどひねくれてもいない。

　では、なんなのか――伊佐は、ペイパーカットが柿生に挑発されたときに、何に興味を持ちそうだと思っているのか。はっきりと思いつけなくても、無意識でなにか思い当たっているのではないか。

　それを嫌がっている――では、それはなんなのだ？

（どうなっているんだ俺は――こんな混乱しきったことばかり考えていて……柿生が正しかったら、もう深刻な事態に突入しているはずじゃないか。しっかりしろ）

　心の中で自分を叱りつけながら、ホールの通路を進んでいくと、遠くの方から悲鳴のような声がかすかに聞こえた。そっちに駆け出していくと、すぐ後に、

「おまえ、そこで何をしている！」

　という警備員の声が聞こえてきた。伊佐がその場に到着すると、スイヒン素子の楽屋に警備員と、そしてもう一人見知らぬ男がいて、そして倒れて動かない素子の姿があった。

「…………！」

　伊佐は息を呑んだ。そして侵入者の男の方を見る。

　戸澤はぶんぶんと首を激しく左右に振りながら、

「俺じゃない……俺じゃないんだ！　ほんとうなんだ！　俺がここに来たら、もう彼女はこんなになってて……死んでて――」

　と譫言《うわごと》のように言う。警備員も戦慄しつつ、戸澤と素子を交互に見やっている。

　伊佐はそこで、床の上に散らばっている紙の中に、一枚の名刺のような紙切れがあることに気づいた。

　それを手にとって、そして眉をひそめた。

「これは――」

そこに書かれている文面は、よく知っている。

よく知っているのだが——しかし、

「こいつは——」

伊佐はふたたび室内に目を戻し、倒れているスイヒン素子を見た。

そして戸澤にはまったくおかまいなしで、彼を脇に押しのけて、素子の襟首を摑んで、やや乱暴に身体を引き起こした。

その瞳孔が開いたままの眼を覗き込んで、それから——いきなりその頰を平手打ちした。

ぱあん、という音が響いて、そして次の瞬間、

「——わっ！　なに？」

と声を上げて、素子は両の手脚をびくん、と大きく反り返らせた。動いた。

生き返った——いや、

「最初から死んでいない——そういう風に見せかけられていただけ……そう、手品と同じだ。決定的で不思議な現象は、実際には起きていない」

伊佐が忌々しげに呻くのと、壁にへばりついていた戸澤が、ずるずる、と腰を抜かしてへたり込むのと、スイヒン素子が、

「……へ？」

と眼を丸くしたのは、ほぼ同時だった。

CUT 8.
truc
Sizuku
Minamoto

でも私はきっと嘘の方が好きで
いつか愛も薄れてしまうのかも
——みなもと雫〈イカロスの空の下で〉

1

イリュージョン・ファンタジア〈絢爛〉は予定通りの時間に開始された。

前座の、オーディションで選ばれた数名の大道芸人たちが玉乗りやジャグリングなどの見事な芸で場を盛り上げた後で、いよいよ本番が始まった。

「…………」

客席の隅、その暗がりの中からステージを見つめる人影がある。

それは戸澤広朗だった。彼が不審な侵入者であるということは変わらないので、その両脇にはごつい警備員たちが貼り付いている。この公演が終わったら、彼はサーカムによって尋問されることになる。

それでも今は、彼はマジックショーを観ることを許された。それは何故か。

「…………」

ステージ上が一瞬、真っ暗になり、続いて様々な色のスポットライトとレーザービームが乱舞する。

ステージの中央には意味ありげな箱が置かれていて、それはなんだか棺桶《かんおけ》のようにも見える。

その箱の蓋《ふた》が、ばたん、と大きな音を立てて開く。観客が少し息を詰めたところで、その中から無数の鳩が飛びだしてきた。

そして観客がそれらに気を取られている間に、全然関係ない舞台袖《そで》から、ふらふら、という感じで女性が現れて、そのワイヤーで誘導されていた鳩の模型を見上げながら、ああ、と嘆息した。羨《うらや》ましそうな顔で、空に消えていった鳩を眺めている。

スイヒン素子である。

その彼女を見つめる戸澤広朗の顔は、なんだか茫然としている。そこにはほんの一時間前までは満ちていたはずの憎しみと殺意がない。空っぽの眼をしている。

あの後——死んだと思われた彼女が起き上がった後で、いくつかの混乱があった。

そもそもスイヒン素子自身に記憶の混乱があり、どうして自分が倒れたのか記憶していなかった。助手がいたような、と言っていたが、それが具体的にどういう人間かということも、ほとんど憶えていなかった。伊佐がそんな彼女とあれこれ話していたが、とにかく開演が近いのにもう助手がいないということだけははっきりしているようで、そこで呼び出された千条雅人が、

「まあ、マジックのことなら一通りできますので」

と言って代役をすることになり、問題は解決したのだが、戸澤は一人取り残されるような形になった。そんな彼に、スイヒン素子が近寄ってきて、

「戸澤さん、あなたが何を言いに来たのかは大体わかっています。だからそのことにケリをつけてしまいましょう」

と言った。そして唖然《あぜん》としている戸澤に向かって、彼の考案したトリックは本当に使っていないことを、実際に自分が使用しているマジックのネタばらしまでして、完璧に説明してくれた。

「わかりましたか？　今まであなたに言えなかったのは、それが自分のトリックを明かすことになるからでした。でもこれ以上、それにこだわっている場合ではないですからね」

懇々と、諭《さと》すように言われた。それはとても穏やかな口調で、今までのヒステリックな彼女とはどこか違っていた。

（そう——違っている……）

今までの彼女だったら、絶対に譲歩などしなかったはずだった。彼と争うとなったらどこまでも争い、それこそ警察沙汰《ざた》になってイメージダウンになってしまうとしても、決して折れてはくれなかった。

その異常なまでの意地が……消えていた。

（あれは……ほんとうにスイヒン素子なのか？）

ステージ上で様々なマジックを繰り出している彼女を観ながら、戸澤はその想いにずっと囚《とら》われていた。

彼女は、自分も鳩を出そうとしては、それがリンゴになって床に転がり落ちたりして失敗ばかり、という演技を続けている。観客は驚きながらも笑って、彼女の滑稽《こっけい》さに喜んでいる。

その笑われ方が、とても自然だった。

（あんなに自分が一番になることに固執していた彼女が……どんなにユーモラスなマジックをしていても、どこかで尖った印象が消えなかった彼女が……）

成長した、ということなのだろうか？　一皮むけた、というだけの話なのだろうか？

（では……その剝がれ落ちた抜け殻はどこに行ったのだろうか？）

戸澤がスイヒン素子に固執してしまったのは、あくまでも頑《かたく》なだった素子に触発されたところが大きい。最初から彼女が説明してくれていれば、ここまで執念を燃やしたりはしなかった。その闘志を向ける対象が突然に変貌してしまって、戸澤はただひたすらに茫然とするしかない。いや、何も悪いことはない。彼は殺人者にならずにすんだし、長年の疑念も氷解して、すべてのわだかまりはなくなったのだから、すっきりと晴れやかな気分になっても良いはずだった。

だが今、戸澤広朗の心の中にあるのは、自分でもどこから来ているのかわからない喪失感ばかりだった。

なにかが消失したのだ。なにかがこの世から消え去った。

誰もそれに価値など見出さないはずのなにかがなくなって、そして——二度と戻らない。

「…………」

戸澤は茫然としながら、スイヒン素子の見事なマジックを見つめている。その手捌きも身体の動きも見事で、そしてそのトリックなど、彼にはもう一つもわからない。想像もつかない。そしてそのことが、もう全然悔しく感じられないのだった。

＊

（あれは、もう問題ないな）

伊佐は、戸澤の様子を確認すると心の中で呟いた。

（問題は柿生の方か――そろそろ出番だが、はたしてどうなるか……）

伊佐は落ちていたあの予告状をまた取り出して、しげしげと眺める。

（こいつは模造品――柿生が使用していたヤツだ。書体がいつもと違う……つまりペイパーカットは、スイヒン素子の助手として潜《もぐ》り込んだだけで、彼女に結局、自分の予告状を見せなかったようだ――では狙いはなんだ？）

もちろんあの楽屋にも隠しカメラが仕込んであったが、そこには何も映っていなかった。ただノイズが続いていただけで、それが彼女が気絶したところから録画になっていた。

何かがいたのは間違いないが、それがなんなのか確認できない。素子が建物内に入ったときの受付の者は、彼女に同行者がいたという印象がなかった。誰も何も憶えていないのだった。

つまり……なんなのだ？

（ペイパーカットはまだここにいるのか、それとも既に逃げた後なのか？）

それすらわからない。奈緒瀬たちはまだあの少年を捜しているし、明確になったことが何もないまま、結局ショーだけが始まってしまった。

伊佐が焦れている間にも、ショーは進行していき、かかっていた音楽が別の曲に変わった。その旋律の導入《イントロ》を聴いて、伊佐は少し眉をひそめた。

それはみなもと雫の歌だった。

2

〝あなたの言葉は嘘ばかりだけど
それ以外を私は聞く気になれず
夢みたいなことばかり言い続け
約束は片端から忘れられていき……〟

その曲を聴く度に、インフィニティ柿生の全身には緊張感が漲《みなぎ》ってくる。

あの女がまだ目の前にいて、彼のことを罵倒しているような気がする。

〝なにそれ？　なんで失敗したときにへらへら笑うわけ？　あんたが下手くそなことなんてどうでもいいけど、そうやって誤魔化すのだけはやめてよね〟

リハーサルで自分の出番でもないのに、そう言ってあいつが割り込んできたときのことを、今でも彼ははっきりと憶えている。あまりのことに硬直してしまった彼に、彼女はさらに続けて、

〝小手先なのよ、あんたのは。マジックとかそんなんじゃなくて、全部そうなのよ。日常生活とかいい加減なんでしょ、どうせ。そういう手癖が出てるわよ。本気になってやったことがないからって、他人もそうだと思わないでよね。こっちは真剣なんだから、邪魔しないで。失敗したらそれを許してもらうんじゃなくて、それで受けを取るぐらいの気持ちでいなかったら、あんたにステージに立つ資格はない。とっとと失せな〟

と一気にまくし立てられた。あまりのことに彼はまったく言い返せなかった。このときの彼女はまだスーパースターでもなんでもない。ただの素人に毛が生えた程度の活動しかしていなかったアーティスト気取りの若い娘に過ぎなかった。それなのに、彼女はとんでもなく上から目線で、彼のことを見下していた。あの冷たい眼が今でも、自分を見ているよ

うな気がする……。

〝時ばかりが過ぎ去っていく中で
確かな真実は一つも見つからず
夢のためにと傷つけあうくせに
果ての未来に待つものは知らず……〟

ステージ下の迫《せ》り上がる箇所に立って、スタンバイに入る。壇上ではスイヒン素子がうまく演技をしている。周囲には誰も近づかせないでいるし、彼がここのステージ下に入るときでさえ、誰にも見つからなかった。警備の連中もここではなく、その周囲しか固めていない。

ペイパーカットが素子の助手として潜入したことで、柿生はとうとう自分が決定的なものと対決するときが来たと感じていた。

（やはり謎の存在だろうと、正体不明の怪盗だろうと、あそこまで挑発されたらこの俺を倒そうとするだろう——遂にこのときが来たのだな）

あのみなもと雫を殺したと推察される相手と、対峙《たいじ》する——あえて彼は、反撃するための用意を何もしていない。武器も防具も身につけていない。

どんな一撃が加えられるのか知れないが、あえてそれを喰らってやる覚悟でいる。

そのときは、彼のことを見張っているあの伊佐俊一がペイパーカットを捉《とら》えるだろう。それでいいと思っていた。

〝奇蹟が訪れるのを待ちながらも
生の幸福には怖くて触れられず
他を信じられなくて愛するのか
何も愛せないから信じたいのか……〟

上の方から素子の科白が聞こえてくる。そろそろ出番だった。彼は仮面舞踏会のようなマスクを顔に塡《は》めると、タイミングを計りつつ、リモコンを握りしめる。手のひらに隠れるサイズのリモコンはあちこちの仕掛けを起動させるスイッチである。そのボタンを押した瞬間、彼の身体は装置に射出されて舞台上に飛び出す。

暗がりから一気に光に満ちたステージ上に出るときに気をつけるのは、眼が眩まないように光に慣れさせることである。彼は空中に浮遊していたわずかな時間で、ライトとライトの間から間へ視線を巡らせて、光に慣れる。

「おお？」

と素子が現れた彼に向かって声を上げる。柿生は彼女に向かって、心配いらない、という風に指を振ってみせて、ドント・ウォリィー、と英語で言う。

そして指先をぱちん、と鳴らすと、彼の身体がみるみる、ふわふわと浮いていく。

客席からどよめきが起こる。今飛び出してきたばかりの男が浮かぶには、ワイヤーを引っかけなければならないのではないか、そんな素振りはなかった、という専門的なことはさておき、とにかく客も素直に驚いている。柿生はその反応自体は計算済みなので特になんとも思わず、素子に向かって手を伸ばして、また、ドント・ウォリィー、と独特の抑揚を付けながら言う。

すると素子の背中から、天使のような翼が、ぱっ、と開いた。素子は驚いたような顔をしてみせて、その場でくるくると回る。そして宙を舞っている柿生がさらにその彼女の上空を舞う。

〝それともどこかに真実があって
嘘みたいなことも嘘ではなくて……〟

素子が空中の柿生に手を伸ばす。柿生が上からその手を取る。

すると素子の身体もふわふわと宙に浮かび始める。

客席から、おおお、という歓声とともどよめきとも

つかぬ声が上がる。柿生は晴れやかな笑顔を作りながら、その客席の方に眼を向けて、様子を観察しようとして、

（―――!?）

そこで、表情が凍りついた。

〝でも私はきっと嘘の方が好きで
いつか愛も薄れてしまうのかも……〟

客席の後方、立ち見で彼のことを見ているひとつの影が立っていた。

ニヤニヤ笑っていた。その人の精神を逆撫《さかな》でするような笑顔を、彼は知っていた。それはかつて半素人時代の彼が、なんとか舞台を終えてふらふらになってステージから降りたところで、そこに立っていたヤツが彼に向けた笑顔とよく似ていた。そのときそいつはこう言った――〝しょせんはそこそこ止まりね。あんた向いていないわ〟――たった今、それなりに客を盛り上げた者に言う科白ではなかった。そして唖然とする彼を無視して、彼女はステージに上がっていった……あのときと、同じ顔がそこに立っていた。

（……あれは、そんな――）

みなもと雫。

どう見ても――そのものだった。似ているとか変装しているとか、そんな次元ではなかった。彼が知っているすべての認識が、それが彼女だと言っていた。だがそんなはずはない。そんなはずはないのだ。ということはつまり、あれは――

（あれは――）

そう、それについてはこのように言われている。

ある者は老人といい、ある者は若い女だといい、子供に見えるという者もいれば車椅子に乗っていたという者もいる。それぞれ違う人物に見えるのだ。あまりに意見が違いすぎるので、変装というレベルではあり得ないことは確実で、なにか超自然的な現

象が生じているとしか考えられない……それが今、彼の前にいた。

　彼にはその姿に見える。

　心の中に突き刺さったままの、あのときのままの姿に見える……そいつが笑いながら、顔の前に手を上げて、ひらひら、と振る。その投げやりなジェスチャーが何を意味しているのか、彼には当然のようにわかる。

〝いやいや——駄目だわ、そんなんじゃ。話になんないよ〟

——その声までも、耳元で囁かれるような気がした。

「う——」

　彼は演技を忘れ、ここが舞台上であることさえ忘れ、それまで自分がやってきたことすべて、その瞬間は完全に忘れて、そして——墜落した。

3

「——!?」

　伊佐はその瞬間の柿生の表情の変化を見逃さなかった。

　複数のワイヤーを繋いだり離したりしながら空中を浮遊しているそのマジックで、柿生がその切り替えに失敗して落下する瞬間——確かに客席の方に、異様な視線を向けていたのを。

　転落した柿生は、すぐに我に返ったようで、落下する先を自分で操作した。飛び出してきた箱の中へと自ら飛び込むことで、ステージ上から消えた。

（ということは、死んでいない——）

　伊佐は彼の心配はせずに、柿生が見ていた客席の方に視線を向けた。

　そこに、ちらりと銀色のものが見えた——ような気がした。

それは身を翻《ひるがえ》して、奥の暗闇に消える。

伊佐は即座に飛び出していた。そいつが消えていった通路を走っていく。

銀色の影は、通路の角から角へと、かすかな残像を引きずりながら曲がっていく。伊佐は必死でそれを追う。

そして非常階段のところまで来て、足音が上の方から響いてくるので、何も考えずにそっちの方へと駆け上がる。

扉が開く音がして、続いて吹き込んでくる風が下にまで流れ込んできた。ひんやりと冷たい空気にさらされて、一気に、伊佐の全身に鳥肌が立った。

その冷気の抵抗を突き破るようにして、伊佐は突進した。

出たところは当然の如《ごと》く、ホールの屋上だった。

ぎりぎり太陽がビルが並ぶ都会の地平線に引っかかっていて、限りなく夜に近い夕暮れ空が広がっていた。夕陽の赤光に染まった雲が早回しの映像のようにおそろしい速度で流れていく。

風が吹きすさんでいる——その中に立っていた。

銀色の髪をなびかせた、なんとも表現のしようのない男が、屋上の柵にもたれかかって、伊佐の方を見つめていた。

「やあ、伊佐俊一くん——」

そいつはまるで親しい旧友と再会したときのような気安さで、彼に話しかけてきた。

「う……」

伊佐は突っ込もうとして、そこで足が停まった。入口はここ、彼の背後にあるものだけ。追い詰めている——そうとしか言いようのない状況だった。

「インフィニティ柿生は成功した……そんな風に思っているのかな、君は」

そう話しかけてきたそいつから、伊佐は眼を逸らすことができない。

さっきから耳に填めている通信機が、がりがりとノイズ音を立て続けている。電波異常が生じていて、他の者を呼ぶことができなくなっている。

この黄昏《たそがれ》の空の下で、伊佐はそいつと二人きりなのだった。

「おまえは……」

伊佐はからからに渇いた喉から声を絞り出す。

「柿生に何かしたのか……あいつは、何で墜ちたんだ？」

そう言うと、そいつはうっすらと微笑んで、

「彼には資格がない」

と静かに言った。伊佐が、う、と息を呑んだところで、さらに続ける。

「自分でも半ば自覚している……生命と同じだけの価値があるものを直視する、その強さを持っていないことを」

「そんなことがどうして——」

言いかけて、途中で伊佐は口ごもった。そんなことがおまえにわかるのか、と言いそうになって、しかし——

（こいつには、わかるのか——？）

ということに気づいたのだ。その伊佐の顔を見て、銀色のそいつはうなずく。

「それだよ、君と柿生の違いは——柿生太一は結局のところ、自分と他人が異なっていることを理解できていない。世界のすべてが、自分の認識の延長線上にあると思っている。だから理解を超えたものに対して、敵意しか抱けない。彼の意に反するものはすべて、彼の世界を破壊するものでしかないといって、締めだそうとするだけだ……彼は狭いし、浅い。君とは違う」

「う……」

「君には、自分の考えの及ばないものと直面しようとする決意がある。自分が弱いということに対峙できる強さを持っているのが、君だよ」

ひたひたと迫ってくるように語りかけられるが、そいつ自身はさっきから一歩も動かず、背中を屋上を囲む柵に預けているだけだ。

「そ……そんなことを言っているが、そういうおまえだって結局、その柿生の挑発に乗せられて、こんなところまで来たんじゃないのか？　柿生太一を愚《ぐ》弄《ろう》するおまえも所詮《しょせん》は、彼と同レベルの存在なんじゃないのか？」

そう言い返してみる。これにも銀色はうっすらと微笑み続けて、

「馬鹿って言う子が馬鹿なんだ、ということかい、それは？」

と面白そうに言う。それから首を振って、

「私がここに来たのは、柿生太一に会うためではない。彼の行動を見て、君がどう思ったのか……それを訊きたかったからだよ」

と告げた。その言葉の意味が、伊佐には一瞬、理解できなかった。

「……なんだと？」

「君から見たら、柿生太一はとんだ道化だったはずだ——航空力学を知っている者が、腕力だけで羽ばたいて飛ぼうとする者に対して感じるような、そんな気持ちがあったんじゃないのか？」

「う……」

「こんなもので来るはずがない。来るとしたら全然関係ない目的であろう——それを君はもう、始まる前から知っていた。だが一方で、君はこうも思っていたはずだ——」

「——」

「もしもこれで、ヤツが来るのだとしたら、自分の考えていたことは何なんだろう——まったくの無駄で、道化だったのは自分自身じゃないのか、とね。君はその考えにどう対応するのか——私が今回、興味があったのはその点だけだよ」

「——」

「柿生太一は二の次だ。彼は凡庸だ。彼にはほとんど意味はない。意味があるとしたら、そんな凡庸さに翻弄されたときに、君がどういう反応を見せるか……それだけだったんだよ、伊佐俊一」

「…………」

「君はどう思った？　柿生太一が好き勝手に行動しているときに、何を感じた？　少しは嫉妬したのか？　単に馬鹿らしいと思ったのか？　ムカついて腹が立ったか？」

その声はまるで歌うかのように優雅だった。それは何にも似ていない声だった。伊佐は記憶を漁って、その声が自分の過去の誰かを反映していないかと考えたが、その該当者はなかった。

では彼が今、目の前にしている者は彼の精神の反映ではないのか。だとしたらこいつは、この銀色は——

必死で思考している伊佐を、そいつは優しい眼差しで見つめ返す。

「君は今回、ただ待っていたな——それが正しいのかどうかはわからない。しかしひとつ言えることは、君は慎重だということだ。君は柿生太一と争わなかった。彼に意味がないと悟りつつも、その行動を見守っていた。彼を蹴落としてまで、自分の目的を果たそうとはしなかった——」

その瞳を直視しながら、伊佐はしかし、それがどういう意志を持っているのか、どうしても捉えきれない。

「どうだろうね、君が柿生太一を最初から否定して、より賢明な方策を採っていたら——こんな茶番ではなく、もっと具体的な成果を上げられたかも知れないな。しかしそれは目先のことで、大局的に見れば敵を無駄に作らなかった君は正しいのかも知れない。今は、どう思っている？」

「茶番と言うが——」

伊佐は奥歯をぎりりと噛み締めてから、一歩、前に出る。

「今は、こうしておまえを追い詰めているだろうが——これが成果でなくて、なんなんだ？」

じりじりと、相手に接近していく。

その距離の縮《ちぢ》まっていく様子を、銀色のそいつは静かに見ている。

　ずっと微笑んでいる。

　伊佐はそれがどんな表情なのか、必死で把握しようとする。しかしそれは手のひらから零《こぼ》れる水のように、どうしても心の中で形にならずに抜け落ちていく。

「君は──私を倒したいと思っている。その手で捕らえて、混沌《こんとん》を解消したいと願っている。その点では君は柿生太一と同じだ。では君たちは何が違うのか……」

　そいつは、ここで微笑みを消した。

　伊佐を正面から見つめていた視線も外して、上の方を向いた。伊佐が一瞬びくっとしたところで、そいつは言った。

「柿生太一は結局、過去に生きていた。みなもと雫との記憶に呪縛されていただけだ。過去に固執して、前に進めなかった。だから決して私には届かない。しかし君は……君は私に何を見る？」

「う……」

「君は、私をなんなのだろうと思っているのだろう。その答えを、君はもう半ば感じ取っている──」

　そう言いながら、そいつは空に向かって手を伸ばした。天を摑もうとするような動作だった。そして言った。

「私は君の〝未来〟だ」

　その途端、その身体が引っぱり上げられるように上昇した。そして柵を越えて、そこで下へと転落した。

　糸で吊られて、ぷつんと切れてしまったような落下だった。

「──⁉」

　伊佐は焦って、すぐにそこへと駆け寄った。身を乗り出して、下を覗き込む。

　そこには何もない。そもそも落下したときの衝突音さえもない。

伊佐が茫然としていると、どこからともなく笑い声がくすくすと聞こえてきた。

〝いやいや、こいつは単なるマジックだよ。ちょっとした手品に過ぎない……〟

そして声が途切れると、もうその場には何の気配も痕跡も残っていなかった。立ちすくむ伊佐の頭上で、完全に陽が没しようとしている空が、みるみるうちに暗くなっていった。

4

インフィニティ柿生が墜落してしまったので、予定されていた段取りが全部使いものにならなくなってしまった。

どうしよう、と番組中継スタッフが蒼白になったところで、ステージに柿生の声が響いてきた。

〝ドント・ウォリィー、ドント・ウォリィー――〟

そのユーモラスで余裕のある声に、舞台上のスイヒン素子が反応した。彼女は、宙に浮かびながら大きくうなずいて、柿生が使うはずだった仕掛けを使って、彼の代わりに飛び回り始めた。

その動作はとても優雅で、シナリオが途切れたとはとても思えなかった。

彼女の芸名スイヒンの語源でもある〝スウィフト・ウイング〟――鳥がすばやく飛ぶ、という言葉の通りに、それは実に自然で優麗だった。

客席のざわつきが止まって、素直な感嘆の声に戻っていく。

それを確認すると、中継室にいたプロデューサーの臼田淳は、うんうん、とうなずいた。

「いいじゃないか、これで」

彼は不安そうなディレクターの肩をぽん、と叩きながら言った。

「いやいや、悪くないぞ。いいじゃないか――マジ

「ドント・ウォリィー、ドント・ウォリィー……」

とマイク内蔵のリモコンに向かって独特の巻き舌で言い終えると、ステージ上から墜落した体勢のままの柿生太一は、装置を投げ出した。するとそこに駆けつけてくる者がいる。

「大丈夫ですか？」

ステージ裏に控えていた千条雅人である。彼の姿を見ると、柿生は顔に塡めていたマスクを取ると、相手に向かって投げつけた。

「今から、おまえが俺の代役だ——シナリオは暗記しているんだろう？　二十二ページの七行目までの科白をカットして、あとは素子が言うことに適当にうなずいてろ」

柿生の脚は骨折していて、もう立つこともできそうになかった。

「わかりました。ですが、あなたの治療は後回しで良いのですか？」

「さっさと行け——」

シャンの捨て身の魔法が、彼女に奇蹟を起こしたって感じになってるじゃないか。いやいや、柿生さんはさすがに失敗してもフォローが上手だよ。このまで行こう」

「は、はあ——でも主役が代わっちゃいましたけど……」

「かまわんだろう、別に。誰が目立とうが、我々にも観客にも、もちろん視聴者にも関係ないんだからら。ほらほら、ちゃんとカメラに指示を出してやれ」

「は、はい——二カメ、彼女をフォローしろ。照明に気をつけろよ」

ディレクターの声が響くと、やっとスタッフの雰囲気も通常のものに戻っていった。すべてはつつがなく進行していく。

＊

と柿生が促す動作を終えるよりも早く、千条はその場から去っていった。

「ぐう……」

柿生は脚を押さえて、思わず天を振り仰いだ。自分が落ちてきた穴が見えて、そこからライトの光がちらちらと洩れてくる。

「ぐぐ……」

彼が歯軋りしながら呻いていると、その場にゆっくりと近寄ってくる人影があった。

そっちの方を見て、柿生は思わず、ふっ、と笑ってしまった。そして話しかける。

「やあ、どうも——トリート先生」

言われた少年は、ちょっと片方の眉を上げてみせて、

「注意しよう、って思ってたんですがね……」

と嘆き口調で言った。柿生は苦笑し、

「どうも先生には、いつも怒られてばかりですからね。逃げ回っていたんですけどね——どうにも」

「ああ……やっぱり文句を言われることは、わかってましたか」

「先生は他人と対立するようなマジックが、とにかく嫌いですからね——それに逆らってしまいました」

素直な柿生の言葉に、なぜか悠兎は悲しそうな顔になり、

「……ここまで、ですか？」

と言った。これに柿生はうなずいて、

「ええ、ここまでです……俺は、もうマジシャンは廃業ですね」

と告げた。悠兎は首をゆっくりと左右に振り、

「だから止めたかったんですよ——他人に向ける刃は、自分にも返ってきますからね。柿生さん、あなたがやりすぎているのを見て、後戻りができない領域に入ってしまっていると思ってました」

「先生には期待していただいていたのに、申し訳ありません」

「いや、本当に柿生さん、あなたは特別な人だったんですがね——あなたは自分のマジックに対して、まったく陶酔《とうすい》していなかった。どんなに難しい技を覚えても、道具のひとつと割り切って、それにプライドを持って固執したりしなかった——それは貴重ですよ。ほとんどのマジシャンは自分の得意技に執着するあまり、時代との接点を失って、どんどん孤立していってしまうものなんですが、あなたにはその心配がなかった——ですが」

悠兎はそこまで言って、深々とため息をついた。

「それは、あなたにマジックよりも大切なものがあったから、というだけの話ですからね。そっちの事情が変われば、マジックへの執念も消えてしまうんですね。残念です」

「先生は、俺に期待しすぎだったんですよ。今さら言うのも何ですけど、結構そういうところを利用してましたよ、俺は」

「いやいや、そんなことはどうでもいいんですがね——」

「でも先生、そんな俺でも時々は先生のレベルの高さについていけないことがありましたよ。これぐらいはできますよね、とか言われると、無茶言うな、って感じることもありましたよ」

「そうですか。それはすみませんでした。勝手な押しつけをしてしまっていたかも知れませんね……」

寂しそうな顔の悠兎に、柿生は、

「先生——ひとつ訊いてもいいですか」

「なんですか」

「先生は、どこに辿り着きたいんですか？　自分ではやらずに、他人にマジックをやらせて、それを観客に見せて——そこに何かが生まれると思っているんですか？」

真顔でそう訊ねる。これに悠兎は、少し寂しそうな顔のまま、

「柿生さんは、どこかに辿り着けたような気がしましたか？」

と訊き返した。柿生が首を横に振ると、悠兎は少し唇の端を上げて、

「そうですか——まあ、マジックは本物の奇蹟ではないぶん、そんなに深刻にならずにすむので、それならそれでいいんです」

と言った。何を言われているのかわからず、柿生がきょとんとしていると、

「たぶん、本物の奇蹟なんかが起こったら、人はその大きさに打ちのめされて、とても受け入れられない——手品のような偽物で練習しておかないと、きっと面倒なことになる。だから、そんなに目くじら立ててやることもないんですよ。無限の可能性の中で、ちょっとした仮説を提示する、そんな程度のことなんですから」

と穏やかな口調で言った。その落ち着き払った横顔に、柿生はつい、

「——先生は、その、やっぱり……もしかして、俺が何を追いかけていたのかも、知っているんじゃないですか？」

と問いかけたが、これに少年は微笑むだけで答えない。

そのとき、彼らの頭上から大きな歓声が響いてきた。スイヒン素子が大掛かりなマジックを成功させたのだ。

「あなたの眼は正しかったですね。確かに、スイヒン素子さんならあなたのマジックを完璧に受け継げますよ」

悠兎がそう言うと、柿生は苦笑いして、

「でも先生は、あいつ苦手でしょ？　まさしくあいつこそ、自分の技術に陶酔するタイプ、そのものじゃないですか」

と言った。悠兎は肩をすくめて、

「現実には、手品のようになんでも思い通りにできるトリックなんてありませんから。苦手とか言ってたら、なんにも始まりませんよ」

と奇妙なほど明るい笑顔をみせた。

さらに大きな驚きの声が伝わってきて、続いて割れんばかりの万雷《ばんらい》の拍手で、ステージ下の床までも小刻みに震え出した。

"Infinity Inference of Out-Gap" closed.

あとがき――薄っぺらな奇跡に価値はあるか

世の中には手品が嫌いだという人がいる。見せられると不愉快になるのだという。「だってどうせタネがあるんだろう?」と初めから喰ってかかって、どんなものを見せられても眉《まゆ》をひそめるだけか、ひどいときには横から手を出してきてパフォーマンスの邪魔をしたりするそうだ。つまりはそういう人は騙《だま》されるのがとにかく嫌なわけで、それが楽しませようとしているマジックであっても同じことなのだろう。実はそういう人の気持ちはちょっとだけわかる。手品を観ていて少しイラッと来るときがあって、それは手品師がやたらに「いいですか、いいですか」と念を押しまくっているときで、とにかく技が観たいだけの私は「確認なんかどうでもいいからさっさと不思議なことを起こせ」とか思ってしまうのである。タネも仕掛けもありません、ってあるに決まっているのだから一々言わなくていいよって気もするし。つまりこれはある意味で、騙されたくないから最初から「この人は不思議なことを起こす」という心の先回りをしてしまっているのだろう。トリックを考えるのはめんどくさいから「今のはどうやったんですか」とか訊《き》く気もない。それはある意味で、全然不思議がっていないわけで、疑ってかかる人よりもずっとマジックを楽しめていないのかも知れない。

個人的に、直《じか》にマジックに触れた初めての経験は幼少期に近所の子どもがやってみせてくれたもので、輪ゴムを薬指と小指に塡《は》めていたのが、一瞬で人差し指と中指に移動する、というものだった。このときには本当に驚いて、かつ不思議がって、トリックを知りたがったのだが、それがわかって何度か自分でやってみると、その時点でなんか冷めた。最初に成功すると「おお」と思うのだが、二度目三度目とどんどん喜びが薄れていき、その下がり方が他の遊びよりも早かった。つまり驚きがあるのは最初だけで、あとはどういう構造になっているか、という探求になるのだが、マジックの構造はその大半がとても単純なので、底が浅く感じられたのだった。

歴史上もっとも高名なマジシャンと言えばハリー・フーディーニであるが、意外なことに彼はマジックがさほど上手ではなかったという。彼の名を上げたのは鎖で縛り上げられて水中に沈められて、そこから脱出する技だったが、巧《たく》みだったのはそれだけで、他のことに関してはむしろ不器用だったという。それでも彼は生涯、正統派のマジシャンになりたがって、あまり似合わない小手先芸の下手なマジックを演目の合間《あいま》にちまちまとやり続けた。彼はまた降霊術バスターとして、インチキ心霊術師のトリックをことごとく暴いて回ったことでも有名だが、これも死んだ最愛の母親の霊を呼び出したがっていたからだぞうである。どうも彼は、自分ができないことに執着し、なんとかできるようになろうとし続けていた人物だったようだ。しかし似合わないものはやっぱり似合わないので、あるときなど彼は、観客の目の前でゾウを消してみせたそうだが、もたもたと段取りが悪く、成功したのに全然ウケなかったそうだ。しかもこれも彼考案の術ではなく、他人のものを買い取っていたらしい。不思議なことができるはずのマジックに於《お》いてさえ、できないものはできないのだ、という悲しい話なのかも知れない。

マジックに腹を立てる人というのは、もしかすると「どうしてトリックがあるんだ」ということにこそ怒っているのではないだろうか。かつては誰よりも本当に不思議な奇跡が起きることを願っていたのに、窮屈な現実に押し潰《つぶ》されて感動する気持ちをどこかに置き忘れてしまったからこそ、小手先だけの見せかけの幻に憤《いきどお》ってしまう――そういう面もあるように思う。どうせ嘘っぱちじゃないか、とか。マジシャン自身にさえその傾向はあり、どんなに鮮やかな脱出技ができても、それに満足することができなかったフーディーニのように真剣になればなるほど、見事であればあるほど、それが現実ではないという事実が埋めがたいギャップとして存在する。それはどうしようもないことだ。しかし考えてみれば、世界には他にもたくさん、しかも遥《はる》かに深刻な〝どうしようもないこと〟で溢《あふ》れているではないか。その苦しみをひとときでも紛《まぎ》らわせるために、マジックはたとえ幻影であっても、この世に奇跡が顕《あらわ》れることもあるのだと人々に教えてくれるのかも知れない。

ちなみに一流のマジシャンになればなるほど、例の決まり文句『タネも仕掛けもございません』と言わないんだそうである。彼らは極力、嘘をつかないように、慎重に言葉を選ぶ。ただ観客に確認させるだけで、それがどういう意味なのかは自分からはほとんど言わない。確かにそれはまやかしかも知れないが、しかし虚偽ではない。だから観客は素直に、自分の心の中に生まれた奇跡に感嘆することができるのだ。それはもしかすると、理不尽な世界に対して人間がとっている態度そのものではないだろうか？　圧倒的に押し寄せる現実を前にして、儚《はかな》くつかのまの誤魔化《ごまか》しの不思議、そのささやかな喜びを心の支えに、なんとかしのいでいく、という——、まあ、所詮《しょせん》は底の浅いトリックなので、すぐに冷めて飽《あ》きて、次の誤魔化しに向かってしまうんですけど。それもまた人間的、つーことで。フーディーニが名を残したのも技量よりマスコミ受けする本人のキャラクター故《ゆえ》に、だったそうですしね。そんなものです。以上。

（結局マジックを褒《ほ》めているのか馬鹿にしているのか、どっちなんだ）
（いや所詮は筆先だけの小説家の妬《ねた》みですから、お気になさらずに）

BGM "SIM SALA BIM" by FLEET FOXES

上遠野浩平　著作リスト（2011年8月現在）

1ブギーポップは笑わない　電撃文庫（メディアワークス　1998年2月）
2ブギーポップ・リターンズVSイマジネーター　PART1　電撃文庫（メディアワークス　1998年8月）
3ブギーポップ・リターンズVSイマジネーター　PART2　電撃文庫（メディアワークス　1998年8月）
4ブギーポップ・イン・ザ・ミラー「パンドラ」　電撃文庫（メディアワークス　1998年12月）
5ブギーポップ・オーバードライブ歪曲王　電撃文庫（メディアワークス　1999年2月）
6夜明けのブギーポップ　電撃文庫（メディアワークス　1999年5月）
7ブギーポップ・ミッシング　ペパーミントの魔術師　電撃文庫（メディアワークス　1999年8月）
8ブギーポップ・カウントダウン　エンブリオ浸蝕　電撃文庫（メディアワークス　1999年12月）
9ブギーポップ・ウィキッド　エンブリオ炎生　電撃文庫（メディアワークス　2000年2月）
10殺竜事件　講談社ノベルス（講談社　2000年6月）
11ぼくらは虚空に夜を視る　徳間デュアル文庫（徳間書店　2000年8月）
12冥王と獣のダンス　電撃文庫（メディアワークス　2000年8月）
13ブギーポップ・パラドックス　ハートレス・レッド　電撃文庫（メディアワークス　2001年2月）
14紫骸城事件　講談社ノベルス（講談社　2001年6月）
15わたしは虚夢を月に聴く　徳間デュアル文庫（徳間書店　2001年8月）
16ブギーポップ・アンバランス　ホーリィ&ゴースト　電撃文庫（メディアワークス　2001年9月）

17ビートのディシプリン　SIDE1　電撃文庫（メディアワークス　2002年3月）
18あなたは虚人と星に舞う　徳間デュアル文庫（徳間書店　2002年9月）
19海賊島事件　講談社ノベルス（講談社　2002年12月）
20ブギーポップ・スタッカート　ジンクス・ショップへようこそ　電撃文庫（メディアワークス　2003年3月）
21しずるさんと偏屈な死者たち　富士見ミステリー文庫（富士見書房　2003年6月）
22ビートのディシプリン　SIDE2　電撃文庫（メディアワークス　2003年8月）
23機械仕掛けの蛇奇使い　電撃文庫（メディアワークス　2004年4月）
24ソウルドロップの幽体研究　祥伝社ノン・ノベル（祥伝社　2004年8月）
25ビートのディシプリン　SIDE3　電撃文庫（メディアワークス　2004年9月）
26しずるさんと底無し密室たち　富士見ミステリー文庫（富士見書房　2004年12月）
27禁涙境事件　講談社ノベルス（講談社　2005年1月）
28ブギーポップ・バウンディング　ロスト・メビウス　電撃文庫（メディアワークス　2005年4月）
29ビートのディシプリン　SIDE4　電撃文庫（メディアワークス　2005年8月）
30メモリアノイズの流転現象　祥伝社ノン・ノベル（祥伝社　2005年10月）
31ブギーポップ・イントレランス　オルフェの方舟　電撃文庫（メディアワークス　2006年4月）
32メイズプリズンの迷宮回帰　祥伝社ノン・ノベル（祥伝社　2006年10月）
33しずるさんと無言の姫君たち　富士見ミステリー文庫（富士見書房　2006年12月）
34酸素は鏡に映らない　講談社ミステリー・ランド　講談社ノベルス（講談社　2007年3月）

35ブギーポップ・クエスチョン　沈黙ピラミッド　電撃文庫（メディアワークス　2008年1月）
36トポロシャドゥの喪失証明　祥伝社ノン・ノベル（祥伝社　2008年2月）
37ヴァルプルギスの後悔　Fire1　電撃文庫（アスキー・メディアワークス　2008年8月）
38残酷号事件　講談社ノベルス（講談社　2009年3月）
39ヴァルプルギスの後悔　Fire2　電撃文庫（アスキー・メディアワークス　2009年8月）
40騎士は恋情の血を流す（富士見書房　2009年8月）
41ブギーポップ・ダークリー　化け猫とめまいのスキャット　電撃文庫（アスキー・メディアワークス　2009年12月）
42クリプトマスクの擬死工作　祥伝社ノン・ノベル（祥伝社　2010年2月）
43ヴァルプルギスの後悔　Fire3　電撃文庫（アスキー・メディアワークス　2010年8月）
44私と悪魔の100の問答　講談社100周年書き下ろし（講談社　2010年10月）
45ブギーポップ・アンノウン　壊れかけのムーンライト　電撃文庫（アスキー・メディアワークス　2011年1月）
46アウトギャップの無限試算　祥伝社ノン・ノベル（祥伝社　2011年8月）

アンドレ・ジッドの引用は山内義雄訳（新潮文庫刊）
に基づきました。

――作者

ノン・ノベル百字書評

キリトリ線

なぜ本書をお買いになりましたか（新聞、雑誌名を記入するか、あるいは○をつけてください）

- □（　　　　　　　　　　）の広告を見て
- □（　　　　　　　　　　）の書評を見て
- □ 知人のすすめで
- □ タイトルに惹かれて
- □ カバーがよかったから
- □ 内容が面白そうだから
- □ 好きな作家だから
- □ 好きな分野の本だから

いつもどんな本を好んで読まれますか（あてはまるものに○をつけてください）

●**小説**　推理　伝奇　アクション　官能　冒険　ユーモア　時代・歴史　恋愛　ホラー　その他（具体的に　　　　　）

●**小説以外**　エッセイ　手記　実用書　評伝　ビジネス書　歴史読物　ルポ　その他（具体的に　　　　　）

その他この本についてご意見がありましたらお書きください

最近、印象に残った本をお書きください		ノン・ノベルで読みたい作家をお書きください	

1カ月に何冊本を読みますか	冊	1カ月に本代をいくら使いますか	円	よく読む雑誌は何ですか	

住所					
氏名		職業		年齢	

あなたにお願い

この本をお読みになって、どんな感想をお持ちでしょうか。

この「百字書評」とアンケートを私までいただけたらありがたく存じます。個人名を識別できない形で処理したうえで、今後の企画の参考にさせていただくほか、作者に提供することがあります。

あなたの「百字書評」は新聞・雑誌などを通じて紹介させていただくことがあります。その場合はお礼として、特製図書カードを差しあげます。

前ページの原稿用紙（コピーしたものでも構いません）に書評をお書きのうえ、このページを切り取り、左記へお送りください。祥伝社ホームページからも書き込めます。

〒一〇一―八七〇一
東京都千代田区神田神保町三―三
祥伝社
NON NOVEL編集長　保坂智宏
☎〇三（三二六五）二〇八〇
http://www.shodensha.co.jp/

NON NOVEL

「ノン・ノベル」創刊にあたって

「ノン・ブック」が生まれてから二年一カ月、ここに姉妹シリーズ「ノン・ノベル」を世に問います。

「ノン・ブック」は既成の価値に〝否定《ノン》〟を発し、人間の明日をささえる新しい喜びを模索するノンフィクションのシリーズです。

「ノン・ノベル」もまた、小説《フィクション》を通して、新しい価値を探っていきたい。小説の〝おもしろさ〟とは、世の動きにつれてつねに変化し、新しく発見されてゆくものだと思います。

わが「ノン・ノベル」は、この新しい〝おもしろさ〟発見の営みに全力を傾けます。

ぜひ、あなたのご感想、ご批判をお寄せください。

昭和四十八年一月十五日

NON・NOVEL編集部

NON・NOVEL—890

長編新伝奇小説　アウトギャップの無限試算《むげんしさん》

平成23年8月10日　初版第1刷発行

著者　上《か》遠《ど》野《の》浩《こう》平《へい》

発行者　竹内和芳

発行所　祥《しょう》伝《でん》社《しゃ》

〒101—8701

東京都千代田区神田神保町 3-3

☎03(3265)2081(販売部)

☎03(3265)2080(編集部)

☎03(3265)3622(業務部)

印刷　堀内印刷

製本　関川製本

ISBN978-4-396-20890-5 C0293

長編サスペンス
陽気なギャングの日常と襲撃 伊坂幸太郎

長編伝奇小説
新・竜の柩 高橋克彦

長編伝奇小説
霊《たま》の柩 高橋克彦

長編歴史スペクタクル
奔流《ほんりゅう》 田中芳樹

長編歴史スペクタクル
天竺《てんじく》熱風録 田中芳樹

長編新伝奇小説
夜光曲 薬師寺涼子の怪奇事件簿 田中芳樹

長編新伝奇小説
水妖日にご用心 薬師寺涼子の怪奇事件簿 田中芳樹

サイコダイバー・シリーズ①～⑫
魔獣狩り 夢枕 獏

サイコダイバー・シリーズ⑬～㉕
新・魔獣狩り〈全十三巻〉 夢枕 獏

長編超伝奇小説 新装版
魔獣狩り外伝 聖母隠陀羅・美空曼陀羅 夢枕 獏

長編超伝奇小説 新装版
新・魔獣狩り序曲 魍魎の女王 夢枕 獏

長編新格闘小説
牙鳴り 夢枕 獏

マン・サーチャー・シリーズ①～⑪
魔界都市ブルース〈十一巻刊行中〉 菊地秀行

魔界都市ブルース
死人機士団《しびときしだん》〈全四巻〉 菊地秀行

魔界都市ブルース
ブルーマスク〈全二巻〉 菊地秀行

魔界都市ブルース
〈魔震〉戦線〈全二巻〉 菊地秀行

魔界都市ブルース
紅《くれない》秘宝団〈全二巻〉 菊地秀行

魔界都市ブルース
青春鬼〈四巻刊行中〉 菊地秀行

魔界都市ブルース
闇の恋歌《こいうた》 菊地秀行

魔界都市ブルース
妖婚宮《ようこんきゅう》 菊地秀行

魔界都市ブルース
〈魔法街〉戦譜 菊地秀行

長編超伝奇小説
ドクター・メフィスト **夜怪公子《やかいこうし》** 菊地秀行

長編超伝奇小説
ドクター・メフィスト **若き魔道士** 菊地秀行

長編超伝奇小説
ドクター・メフィスト **瑠璃魔殿《るりまでん》** 菊地秀行

魔界都市迷宮録
ラビリンス・ドール 菊地秀行

魔界都市プロムナール
夜香抄《やこうしょう》 菊地秀行

魔界都市ノワール・シリーズ
媚獄王《びごくおう》〈三巻刊行中〉 菊地秀行

魔界都市アラベスク
邪界戦線 菊地秀行

超伝奇小説
退魔針《たいましん》〈三巻刊行中〉 菊地秀行

長編超伝奇小説
魔界行 完全版 菊地秀行

新バイオニック・ソルジャー・シリーズ
新・魔界行〈全三巻〉 菊地秀行

NON時代伝奇ロマン
しびとの剣〈三巻刊行中〉 菊地秀行

NON NOVEL

長編超伝奇小説 龍の黙示録〈全九巻〉 篠田真由美

長編ハイパー伝奇 呪禁官《じゅきんかん》〈二巻刊行中〉 牧野　修

長編新伝奇小説 ソウルドロップの幽体研究 上遠野《かどの》浩平

長編新伝奇小説 メモリアノイズの流転現象 上遠野浩平

長編新伝奇小説 メイズプリズンの迷宮回帰 上遠野浩平

長編新伝奇小説 トポロシャドゥの喪失証明 上遠野浩平

長編伝奇小説 クリプトマスクの擬死工作 上遠野浩平

猫子爵冒険譚シリーズ 血文字GJ《ジー・ジェイ》〈二巻刊行中〉 赤城《あかぎ》　毅《つよし》

長編新伝奇小説 魔大陸の鷹 完全版 赤城　毅

魔大陸の鷹シリーズ 熱沙奇巌城《ねっさきがんじょう》〈全三巻〉 赤城　毅

長編冒険スリラー オフィス・ファントム〈全三巻〉 赤城　毅

長編新伝奇小説 有翼騎士団 完全版 赤城　毅

長編時代伝奇小説 真田三妖伝《さなださんようでん》〈全三巻〉 朝松　健

長編エンターテインメント 麦酒《ビール》アンタッチャブル 山之口《やまのぐち》洋《よう》

長編本格推理 羊の秘《ひ》 霞《かすみ》　流一《りゅういち》

長編ミステリー 警官倶楽部 大倉崇裕

天才・龍之介がゆく!シリーズ〈十二巻刊行中〉 殺意は砂糖の右側に 柄刀《つかとう》　一《はじめ》

長編極道小説 女喰《ぐ》い〈十八巻刊行中〉 広山義慶

長編求道小説 破戒坊《はかいぼう》 広山義慶

長編求道小説 悶絶禅師《もんぜつぜんじ》 広山義慶

長編悪党サラリーマン小説 裏社員〈凌虐《りょうぎゃく》〉 南　英男

長編クライム・サスペンス 嵌《は》められた街 南　英男

長編クライム・サスペンス 理不尽《りふじん》 南　英男

長編ハード・ピカレスク 毒蜜 裏始末 南　英男

ハード・ピカレスク小説 毒蜜 柔肌《やわはだ》の罠 南　英男

エロティック・サスペンス たそがれ不倫探偵物語 小川竜生

情愛小説 大人の性徴期 神崎京介

長編超級《メガ》サスペンス ゼウス ZEUS 人類最悪の敵 大石英司

長編ハード・バイオレンス 跡目《あとめ》 伝説の男・九州極道戦争 大下英治

長編冒険ファンタジー 少女大陸 太陽の刃《やいば》、海の夢 柴田よしき

ホラー・アンソロジー 紅《あか》と蒼《あお》の恐怖 菊地秀行他

推理アンソロジー まほろ市の殺人 有栖川有栖他